穢れを祓って、もふもふと幸せ生活

ありぽん

イラスト
戸部淑

CONTENTS

第一章

森を守る狼と穢《けが》れ

Kegare wo haratte,
Mofumofu to
Shiawaseseikatsu

「ふえ？　ここどこ？」

僕はすぐに周りを確認する。さっきまでは高いビルが立ち並び、車が激しく往来している場所に居たはず。それなのに、強い光に包まれ目を閉じて、次に目を開けたときには、今まで自分が居た場所ではない、全く違う場所にいたんだ。

目の前には小さな湖と、そして周りは木々に覆われていて。しかもその木、一本一本がかなり大きい。ここは森？

「うーん、ここ、どこらりょう？　……ありぇ？」

何かおかしい。言葉が思ったように出てこない。呂律がうまく回ってない感じ。うーん。あの光のせいで、言葉がうまく話せなくなったとか？　まさかね。

取り敢えず、湖の様子でも見てみようと思って、歩き出す僕。でも、え？　何か体の動きもおかしな感じがする。僕、スポーツはけっこう得意で、こう体を動かしたりするのは何てことないはず。

それなのに本当に僕、どうしちゃったの。

それに……、ほんの二、三歩歩いただけど、どうにも周りが。一本一本、木が大きいって思ったけど、ちょっと大きすぎない？　こう、グイッと思い切り上を見上げないと、木の上まで見えない感じ。

ただでさえ突然見たことのない場所にいて、けっこう不安なのに、言葉も体の動きも悪いなんて。しかも周りの物が大きく見えるなんて。

頭を軽く振って、僕は違和感を覚えながらも湖の方へ。そして湖を覗き込むと。湖の水はとっても透き通っていて、綺麗な水だったよ。ただ、湖の水が綺麗だななんて、すぐにそんなことを言ってられなくなって。

「え？　だりぇ？」

綺麗な湖の水に映し出される、僕の物と思われる顔。それはいつもの見慣れた自分の顔じゃなくて、全然知らない幼児の顔で。二歳から三歳くらい？　僕は慌てて自分の顔を触ったよ。と、ここでも違和感。そっと顔を触っていた手を、自分の目の前に。

「ちいしゃい!!」

他の体の部分も確認する。そうしたら手も足も体も顔も、全部が小さくなっていて、それはまさにさっき水に映った、男の子そのもの。

洋服だってさっきまでの学生服じゃない。本で読んだことある、異世界に出てくるような、昔のヨーロッパとかで着てそうな服に変わっていたんだ。

「なにが、おきてりゅの？　ぼく、ちいしゃくなっちゃった!?」

これって、さっき読んだって言った、異世界へ来ちゃうって話と、同じ事が起きている？　僕、異世界へ来ちゃったの？

今の僕を、元の世界で心配してくれる人はいないけど、それでも急に異世界に来ました、なんて言われても、これからどうすればいいの？　何も分からない！

『……て』

と、湖のほとりで、一人わたわたと慌てていたら、何処からか声が聞こえてきて、思わず止まる僕。その声はとってもとっても小さな声で、この静かな場所だから、やっと聞こえるような声だったよ。そしてその声は、助けを求めていたんだ。

『誰か助けて……。ボクの大切なお友達』

大切なお友達？　何かあったのかな？

「だりぇ？　どちたの？」

何処に居るか分からない声の主に向かって、僕は声をかけた。だって何か困っていて、もし僕に何か出来ることがあれば、手伝ってあげたいし。まあ、何故か小さい子供になっちゃっている今の僕に、出来る事は少ないかも知れないけど……。

僕は歩きにくい幼児の体でよちよちと、声を頼りに声の主が居るのか探し始めました。そうしたらすぐに、花が集まって咲いている所から、何かが飛び出してきて。思わず身構える僕。

でも僕が身構えているうちに、出てきた物は凄い勢いで、僕の顔の前まで飛んでくると、ピタッ！　と止まって、じっと僕の事を見てきました。

飛んできた物、それは。羽が生えていて、今の僕の手のひらに乗っかるくらいの、小さな小さな男の子でした。

『ボクの言葉が分かるの?』

「うん。どうちて?」

不思議な生き物にちょっとドキドキしながら、僕はその生き物に聞き返しました。

『だってね、人間はボク達の言葉分かんないんだよ。君、人間でしょう?』

「うん、たぶん? ぼくのなまえ、はりゅと。よろちくね。」

『はりゅと?』

「うーん。りゅじゃなくて……、る!」

る、とか、それだけならちゃんと言えるのに。話そうとすると幼児言葉になっちゃう。何かもどかしいな。

『ハルト? そっか。ハルト、ボクはフウだよ。ボクは花の妖精。宜しくね』

それからフウが教えてくれたのは、ここからちょっと森の奥に入った所に、花がたくさん咲いている場所があるんだけど、そこにフウのお友達がいて。怪我なのか病気なのか、とにかく体の具合が悪くて、そのお友達が倒れているんだって。それで誰か助けてって言っていたって。

う〜ん、僕が行っても何も出来なさそうだけど、でもフウはとっても悲しそうな顔しているし。見に行くだけ行ってみようかな? もし怪我だったら、僕の今着ている洋服に付いている、バンダナ? みたいので、怪我のところ巻いてあげても良いし。

「じゃあ、おともだちのちょこ、いこ」

僕がそう言ったら、フウはとってもにっこり笑って、こっちだよって案内してくれました。本当に嬉しそうで、すごく友達のこと心配していたのが伝わってきたよ。

でも、それからが大変でした。小さい体だと、こんなに歩くの大変なの？　慣れてないからか、フウに一生懸命に付いて行くけど、すぐに疲れちゃって。少ししてフウが、この木の向こうって言ったのを聞いて、どれだけホッとしたか。

ようやく？　フウが言った、木の場所に到着。そして木を抜けて出た場所には。

「ふわぁ、しゅごいにぇ」

辺り一面、様々な形、色の花で埋め尽くされた、綺麗な綺麗な花畑が広がっていました。とってもいい匂いするし。こんな綺麗な花畑、初めて見たよ。

『ハルト、こっち』

おっと、花畑に感激している場合じゃなかった。すぐにフウについていくと、案内されたのは花畑の中心で。そこには、大きな大きな黒い狼みたいな生き物が、ハアハアと荒い呼吸しながら横たわっていました。

僕は、一瞬ビクってしてその場に止まります。でも、フウは全然怖がらないで、心配そうにその狼？　に近付いて、お腹の上に座って。

フウが大丈夫なんだから、僕だって大丈夫なはず？　僕はそっと、狼？　に近づきました。

近づいて気付いたこと。狼の体全体から、なんか黒いモヤモヤが出ていたんだ。何だろうこれ？　黒いモヤモヤを気にしながらも、まずは詳しく聞かないとって、フウに質問します。

「フウ。どこけがしてりゅの？」

『怪我？　怪我じゃないよ。穢《けが》れで具合が悪くなっちゃって、もしかしたら、このまま死んじゃうかもしれないんだ。だからボク、助けてって、誰か居ないかと思って探してたの。そしたらあそこにハルトがいたんだ』

え？　穢れ？　死んじゃう？　僕の思っていた事と違うことを言われて、軽いパニックだよ。穢れって何？　死んじゃうって、そんなに重症なの？

更にフウに詳しく話を聞く僕。この魔獣はロードファングって言って、この森の全ての種類のウルフをまとめているんだって。動物って言わないで魔獣って言うんだね。本当に本の世界みたいだよ。

それでこのロードファングだけど、他の生き物も、いろんな災いから守ってくれる、とっても優しい魔獣でした。

それから穢れっていうのは、フウの説明によると、悪いエネルギーみたいなもので、それが発生すると花や木を枯らしたり、湖にその穢れが発生すれば、湖をドロドロの黒い水に変えちゃったり、とっても悪いものなんだって。

そんな穢れだけど、たまに魔獣を襲う事も。そうすると、力の弱い魔獣はすぐ死んじゃうみたい。みんなにとっても、自然にとっても悪い穢れに、今このロードファングは襲われて、倒れちゃっています。

あのね、本当はロードファングは、穢れを祓う事が出来るんだって。自分だけじゃなくて、他の生き物の穢れを祓う事もできるの。それだけ強い力を持っているって事らしいよ。

ただ、じゃあ何で今、ロードファングは苦しんでいるか。今回こうなったのは、みんなを助けたからしいです。

ロードファングの仲間が穢れに襲われて、何とか祓ったんだけど、今度はロードファングが襲われて。だからみんなを巻き込まないように、誰も居ないここで、最期を迎えようとしたって。

ちょっと待って。穢れが襲うって、ここに居る僕達も危ないいんじゃ。辿々しい言い方しか出来ない僕が、何とかフウにそう伝えたら、あっそうかって。

だめじゃん！　少しここから離れた方が良いんじゃない。フウなんて、ロードファングの上に座っちゃっているけど。

『でも、ボク離れたくない……。ボク、お友達だもん』

フウは本当に、このロードファングが大切なんだね。でも、僕じゃどうにも出来ないよ。穢れなんて今日初めて聞いたし、こんなに強そうな魔獣がどうにも出来ないいんじゃ。

でも、フウの姿を見ていたら、かわいそうになってきちゃった僕。だって目に涙溜めて、小さい手でロードファングの体、なでなでしているんだもん。

それを見た僕、ちょっとだけならって。確かに穢れは怖いけど、フウが今触れているんだから、今なら僕も触れるんじゃゃって思ったんだ。それにフウのなでなで見ていたら、お父さんとお母さんのこと思い出しちゃって。

小さい頃の記憶。よく二人とも、僕の頭をなでなでしてくれたんだ。僕はそれがとっても嬉しくて、安心して……。僕はロードファングとフウに近づきました。

「フウ、ぼくなおしぇない。ごめんね。でもいっしょ、なでなでしゅるよ」

『……うん！　ありがと！』

僕はロードファングの頭を、そっと撫でました。ごめんね治してあげられなくて。僕もフウみたいに撫でる事しか出来ないけど、これで少しでも落ち着いてくれたら。

そっとそっと、撫で続ける僕達。そんな中、穢れについて考えていた僕。でも考えていたら、だんだんとムカムカしてきちゃって。この穢れって本当に何？　悪いエネルギーって言っていたけど、何も襲ってこなくたって良いじゃん。何で襲ってくるの！

「こんにゃけがりぇ、にゃくにゃればいいによに」

ムカムカしていた僕、思わずそう声に出して言いました。そしたら急に体の中がポカポカしてきて、それがどんどんあたたかくなって。何、何が起きているの？　本日何度目かのパニックになる僕。

そんなパニックの中、今度はそのあたたかいものが、ロードファングを撫でていた手に、集まり始めたんだ。それからそのあたたかいのが手から抜けていって、ロードファングに入っていきました。入っていく、そう感じただけかもしれないけど。

次の瞬間、ロードファングがポワッと白く輝き始めて、そしたら今までロードファングを覆っていた黒いモヤモヤが、少しずつ消え始めたんだ。僕はただただその光景を、じっと見つめていました。

そして光が収まった頃には、ロードファングを覆っていた黒いモヤモヤは完全に消え、荒い呼吸じゃなく、落ち着いた呼吸をしながら、寝ているロードファングの姿が。

「フウ、どしたの？」

『……あれ？　嫌な感じなくなった？　ハルトが治した？』

え？　僕なにもしてないけど？　と、そう言いかけた僕、でもそれはできませんでした。急に力が抜けちゃって、僕はロードファングに寄っかかるみたいに、パタンて倒れちゃったんだ。

そしてそのまま意識がなくなっていって、フウが僕の名前呼んでいるのが分かったけど、僕が起きてられたのはそこまでだったよ。


「ん？」

目が覚めて最初に思ったこと。ここ何処？　僕はふわふわな、葉っぱがたくさん集まった布団みたいのに寝ていました。

僕、どうしたんだっけ？　確か妖精のフウとロードファングに会って。それから穢れにムカムカして、こんな穢れなくなれば良いのにって言ったら、ロードファングが光って、黒いモヤモヤが消えて。それでその後、急に力が抜けちゃったんだっけ？

全部あれは夢？　でも今いるのは葉っぱの布団の上だし、周りを確認すれば、あのロードファングが倒れていた、花畑の真ん中だし。やっぱり僕がここにいるのは、夢じゃない？

『起きたか？』

何て色々考えていたら、突然後ろから声をかけられて、ビクッと驚きながら振り返る僕。そこには、穢れに襲われて死にそうにしていたロードファングが、今は堂々とした姿で立っていました。それから、ロードファングの頭にはフウが乗っていて、僕と目が合うと、僕の胸に飛び込んできたよ。

『ハルト良かった！　具合悪くない？　体痛くない？』

「うん、だじょぶ！」

次々に質問してくるフウは、今にも泣きそうな顔していて、随分心配かけちゃったみたい。ごめんね。でも、僕も何で倒れたか分からないんだ。それと、

「りょーどふぁんぐ、も、げんき？」

そう、ロードファングに、ちょっとドキドキしながら聞いてみます。いや、ロードファングにしてみれば、いつの間にかここにいた人間で不審者だろうし。それに言葉が通じるかも分からなかったし。ドキドキしちゃうよね。

『ああ』

すぐにロードファングから返事が。あっ、言葉が通じる、良かった。それに、具合も良いみたい。うん、元気になって、そっちも良かった。フウに良かったねって言ったら、ニコニコ凄い笑顔で笑ったよ。

さて、今の感じだと襲ってくる感じはしないし、それに今まで倒れていた僕を襲ってこなかったってことは、すぐには襲われないと思うんだけど……。うん襲われないと思いたい。

取り敢えず言葉が通じることは分かったし、このまま黙っているのもあれだから、まずは自己紹介でもしてみる？　僕は座り直して、改めてロードファングに自己紹介することにしました。

「ぼくのにゃまえ、はりゅと。よりょちくね」

『……ああ』

反応が悪いなあ。元気よくなったなら、もっと何かあるでしょう。『ああ』で終わりなの？　フウはフウで、よっぽど嬉しいのか僕達の周り飛び回っていて、話を聞いてないし。

「にゃまえ、にゃあに？」

『俺に名前はない。それよりもお前に聞きたいことがある』

え？　名前がない？　何て思っている僕を無視して、かってに話を進めるロードファング。何の話かと思えば、穢れについてだったよ。それについて僕に聞きたいことがあるんだって。僕もさっきのこと気になっていたから、静かにロードファングの話を聞くことに。

今回のこと、ロードファングにとっても、予想外の事だったみたい。あまりにも穢れが多すぎたって。

それで結局全部の穢れを消すことができず、自分が穢れに襲われることに。そうしてもうこれはダメだと、体が穢れに蝕まれ苦しみながら、自分が一番落ち着けるこの花畑で最期を迎えようと、移動してきたんだって。

ただ、そんなロードファングにフウが付いてきちゃって。自分を友達だと言ってくれるフウに、穢れに襲われないように近づくなって言ったロードファング。でもフウは話を聞かないで、穢れを治せる魔獣か人がいないか探しに。それで僕にあったみたい。

そうして、いよいよもうダメかと思った時、あたたかい力が体に流れ込んできたと思ったら、全ての穢れが消えていったって。

そんな話をロードファングは、僕がちゃんと分かるように説明してくれました。

『お前は穢れを祓う力を持った、珍しい人間だ』

「ぼく？　ちがうよ。ぼく、にゃにもちてない」

『気付いてないのか。おい、手を出してみろ。俺がその上に手を乗せるから、そのまま動くなよ』

僕は言われた通り小さい手を出して、ロードファングの手が乗せられても動かずに、じっとしていました。数十秒後。

『ふん。やはりお前は、力を持っているな』

手を乗せただけで分かるの？　って聞いたら、魔力の流れを感じとったたって。もうね、ほんとファンタジー満載だよ。魔力？　僕に魔力があるの？

『ところでお前はなぜ、こんな森の奥に居た。家族はどうした？』

あ〜。それもあったんだ。何かいろんな事がありすぎて、何から終わらせていけば良いのか分かんないよ。でも取り敢えず、このままじゃダメだし、他に誰もいないなら、ロードファングに相談するしかないか。

あれ？　そう言えば僕、普通に魔獣と話が出来ているけど、それもおかしいんじゃ？

僕は今までに起きた事を、ロードファングに全て話しました。光に包まれて気付いたらここにいた事。小さい子供になっちゃった事。もうそれはそれは、全てを話したよ。バカにされるかと思ったけどね。でもロードファングは、ちゃんと最後まで何も言わずに、話を聞いてくれました。

「ちんじてくりぇりゅ？」

『ああ、お前が嘘をついている感じはしないからな。だが、俺もそんな話を聞いたのは初めてだ。悪いがその事では力になれそうにない。すまない』

そっか、やっぱりロードファングにも分からないか。仕方ないよね。話を信じてくれただけでも僕は嬉しいよ。

「いいよ。ぼく、きにちない。はにゃちきてくりぇて、ありあと」

話をしたからなのか、少し気持ちがスッキリしたのか、急にお腹が空いてきちゃって。今が何時なのかとか、そもそも時間とかがあるのか分からないけど、とにかくお腹が空いたよ。

そうしたらスッキリした気がしました。

僕がお腹空いたって言ったら、木の実がある所に連れて行ってくれるって。ロードファングは伏せの格好をして、僕を背中に乗せてくれました。それから僕が落ちないように、そっと歩いてくれて。ロードファング、優しいね。

少し行くと、たくさんの木の実がついた木の所に到着。手が届かなくて、ロードファングに採ってもらいました。

そしてひと口食べてみたらビックリ！　すっごく美味しいんだ。こんなに美味しい木の実、食べたの初めてだよ。しかも水分もかなり多くて、喉が渇いていた僕には、美味しいのと合わさって、どんどん食べちゃいました。

そして、木の実食べてお腹いっぱいの僕は、こっくりこっくり。眠い……。そんな僕をロードファングが、自分に寄りかかって寝て良いって。ありがとう!! 僕はすぐに寄っかかって眠りました。

・・●・・

俺ロードファングは、寄りかかってすぐに眠ったハルトを見る。すうすう穏やかな寝息を立てながら、眠るハルト。

本当だったら今、俺はもうこの世に居なかったはずだ。死ぬ場所を求めて、俺が一番好きな場所で死を迎える。そのはずなのに……。

あの死の直前、突然あたたかい魔力が俺に流れ込んできた。とても気持ちの良い、優しい優しい魔力。こんな魔力を持った魔獣が居るのかと思った。その気持ち良さのまま、俺は少しの間気を失い。

そして俺が目を覚ました時、俺に寄りかかるようにハルトは倒れていた。そのハルトの体の上にはフウが。フウは俺が起きた事に気づくと、ハルトを助けてと言ってきた。

確認してみると、ただ魔力を使い過ぎただけのようだった。フウに葉っぱを集めてこいと言って、その葉っぱで寝床を作り、その上にハルトを寝かせた。

フウに何があったのかを聞き、間違いなくハルトが俺を助けたと確信した。しかし目を覚ましたハルトにその話を聞くと、自分ではないと言ってきて。俺の間違いかと思い、魔力の確認をすると。やはり間違いなくハルトは、穢れを祓う魔力を持っていた。

それからハルトに聞いた話は、信じがたいものだった。しかしその真剣に話す姿を見て、それが嘘ではない事が分かった。

が、穢れを祓ってもらったのに、ハルトの話したことについてはどうにも力にはなれないようで。すまないと謝れば、気にしないと。何とか力になってやれれば良いのだが。

そしてお腹が空いたと言うハルトに木の実を食べさせ、今の状況だ。これからどうするか。ハルトの話から、家族がいない事は分かったが。このまま近くの街の所まで送って行くか？　そこからは、どこかの人間が助けてくれると思うが。

いや、ダメだ。もし盗賊が出たら。ハルトなどすぐに殺されるか、穢れを祓う珍しい魔力に気付かれれば、奴隷にされてしまうかもしれない。そんなのはダメだ。それに……。

あのあたたかい、気持ちのいい魔力。俺は、ハルトと一緒にいたい。人間と一緒に居たいと思ったのは初めてだ。もしこのまま別れてしまえば、二度と会えないかも知れない。それだけは避けたかった。

『契約するか……』

人間と契約する。それはその契約した人間のために、力を使う事になる。命令は絶対だ。もしかしたら、やりたくない事も、やらされるかもしれない。それでも……。

まずはハルトが起きてから聞いてみよう。契約してくれるなら嬉しいが。ちょっとニヤニヤしながら、ハルトの匂いを嗅ぐ。子供独特のふにゃあっとした匂いだ。早く起きろハルト。そして……。

・・●・・

僕が起きたのは、だいぶ時間が経ってからだったみたい。二人に、ずいぶんぐうぐう寝ていたなって言われちゃった。

しょうがないんだよ。いろんなことあって、疲れていたしお腹もいっぱいになって。お子様な今の僕は、睡眠が一番の体力回復だと思うんだよね。ほら、寝る子は育つって。

今は夜中みたいです。フウが暗いからって、光の妖精を連れてきてくれて、今僕の周りはとっても明るいけどね。

さっき採った木の実の残りを食べて、そしたらトイレに行きたくなっちゃった。

「あの、おちっこ」

『ああ、その辺でして良いぞ。浄化すればいいからな』

浄化って？　僕が分かってないのが分かったのか、ロードファングは取り敢えずその辺でしてこいって。何か嫌だな。でも、我慢できないし。

仕方なく隠れて済ませて戻ると、ロードファングは僕がおしっこした場所へ。そしてその場所が少し光ってから、すぐに戻って来ました。

今の光が浄化した光で、浄化して元の綺麗な土に戻したんだって。魔法って、そんな事まで出来るの？　後で僕にやり方教えてくれないかな。

さっぱりした僕は、改めて周りを眺めました。まあ、光が届く範囲だけどね。花とか木とか見たことのない物が多いし、それに魔獣に妖精。本当にここは、僕が居た地球じゃないんだね。今、空には月が二つ出ているし。

「ねえ、りょーどふぁんぐ？」

『何だ？』

「おうちかえりゃにゃくて、いいにょ？」

本当はこんな場所に、一人で置いて行かれるのは嫌だよ。絶対生きていけない。でもロードファングにも家族はいるでしょう？　もし出来たらで良いんだけど、ここに街とかあるか分からないけど、そこまで送ってくれないかな。

そんなことを、呂律の回らない口で、何とか伝えました。それを聞いたロードファングは最初黙ったまま、じっと僕のこと見てきて。僕、何か変な事言った？　なんて考えていたら、僕とロードファングの間にフウが入ってきました。

『ねえハルト、ボク達と契約しない？』

「けいやく？」

『おい、いきなり言うんじゃない。順番というものがあるんだぞ』

契約って何？　ロードファングが説明してくれます。

あのね、契約するとずっとみんな一緒に居られるらしいんだ。僕、ここの事、ぜんぜん分からないでしょう？　それでもし迷子になったら？　いや迷子にならなくても大変だけど。

もし迷子になっても契約してれば、契約している魔獣や妖精は、僕がどこに居るのか、すぐに分かるんだって。あんまり離れると流石に分からなくなっちゃうけど、それでもかなりの距離で分かるみたいだよ。

それから、二人の魔力も強くなるらしいです。僕の魔力は普通の人よりも、ちょっとだけ変わっていて、しかも魔力も多いんだって。自分じゃ分からないけど、そういう人と契約すると、魔力が強くなるんだって。

『簡単に言えば、俺達の主になるって事だ。俺達はハルトを気に入ったんだ。だから飼い主になってくれ』

『うん、ボクもそう。主になって！』

何か良い事ばっかり聞いているけど、ダメなこととかないの？　確か本では、契約主には逆らえないとか、契約を無理に切ろうとすれば、お互いが死んじゃうとか、そんなのなかったっけ？

僕がそう聞いたら、二人とも目を合わせないんだもん。やっぱりね。もしかしたら二人が傷つくかも知れないんだよ？

だから僕、そんな危ない契約だめだよって怒ったよ。そうしたらロードファングが僕の方をチラッチラッと見ながら。

『俺達は、お前のあたたかい魔力に惹かれたんだ。それから、お前の行動にもな』

そう言ってきました。僕が穢れを恐れず、ロードファングを優しく撫でた事、それからロードファング自体を恐れなかったことをフウに聞いて、とっても驚いたみたい。そんなことする人間が居るなんてって。

それから僕が無意識だったけど、穢れを祓ったときに、僕の魔力がとてもあたたかく感じてね。あんなにあたたかい魔力は初めてだったって。

それから最後に、僕と少ししか一緒に居ないけど、それでも僕とこれからも一緒にいたい、そう思ったんだって。それに僕といたら楽しそうだって。変わっている？　人間だから。

最後のは、何かうん、嬉しいね。だって一緒にいたいって言ってくれたんだよ。まだ、ご飯一緒に食べただけなのにね。まぁ、楽しいかはなんとも言えないけど。

久しぶりだよ、嬉しくて笑ったのなんて。叔父さんの家では、笑うとか怒るとか、そんなのなかったからね。えへへへ。

僕が思わず笑っていたら、ロードファングが、『くっ！』と言って、下向いちゃった。どしたの？

『ハルト笑うと可愛い。ボク達と契約して、いつも側に居て笑っていてよ。ボク、一緒にいられたら、とっても嬉しいよ！』

どうしよう。契約しても良いけど、二人に何か嫌なことがあるのは嫌だな。ちゃんとそこは聞いておかないと。さっき二人が目を合わせなかったし。

詳しく聞いたら、渋々って感じで教えてくれました。やっぱり契約には強制力があるみたい。ロードファング達が戦いたくない相手とかに、僕が倒せって言ったら逆らえずに、戦わないといけないとか、どんな無理なことでも命令を聞かないといけないとか。

それから、僕が契約解除するって言わない限り、途中で自由に生きたいって思っても、離れることが出来ないんだって。

もちろん僕は、二人が嫌がるような事を命令したりしないいし、契約解除して欲しいって言われたらするけど。でも契約している間は、僕が二人を拘束しちゃうって事だよね。

「ふちゃり、やじゃない？」

そこはもう一度確認、大切な事だからね。

『勿論だ。俺が望んで契約したいんだ』

『ボクもだよ！　ね、だから契約して！』

そっか。そっか……。僕も二人じゃないけど、一緒にいたいって思っていたし。それにいつでも契約解除出来るみたいだから、契約しても大丈夫だよね。よし!!

「ぼく、けいやくしゅる。いちゅもいっと！　うれしいねぇ」

僕がそう言ったら、二人とも物凄い勢いでニッコリ笑いました。ロードファングの方は、ちょっとニヤリって感じだったけどね。でも、僕に家族が出来ました。これから三人いつも一緒だよ。

『よし!!　決まったところで、すぐに契約を始めよう』

え？　そんなすぐ？　朝になってからでも良いんじゃ？　光の妖精に明るくして貰っているけど、何もこんな夜中に。

そう思ったんだけど、二人の顔を見たら、今やらなくちゃって思いました。だって、さっきよりももっと、ニコニコにニヤニヤなんだもん。こんなに楽しみにしているのに、待たせちゃダメだよね。ところで契約って、どうやるんだろう。

「けいやく、どやりゅによ？」

『ああ、そうか。知らないんだったな。じゃあまずはフウから契約してみよう。良いか、今から俺がお前に、魔力の流し方を教える。さっきみたいにまた手を乗せてきたロードファング。今からロードファングが自分の魔力を僕に流すって。

言われた通り手を出すと、さっきみたいに手を出せ』

待っていたらロードファングの手から僕の手に、あたたかい物が入り込んできて、それがどんどん体の中に広がりました。

あっ、これ。僕が倒れていた、ロードファングを撫でた時と同じ感じ。このあたたかいのが魔力なのかな？

『どうだ？　体にあたたかいものが流れ込んできただろう。それが魔力だ』

やっぱりそうなんだ。

『このあたたかい物はお前の中にもある。まずはそのあたたかいものを想像してみろ。体全部に溜める感じで』

あたたかい感じ、あたたかい感じ……。今のロードファングの魔力を思い出しながら、それから僕の、ロードファングの穢れを祓った時の事を思い出しながら、体に魔力が溜まるように考えます。

そうしたら少しして、体の中にあたたかい物が溜まり始めたんだ。これが僕の魔力？　僕がバッ！　とロードファング見たら、成功したみたいだなって。

『じゃあそのままフウのことを触れ……。あ～、初めて魔力を溜めたのならば、今は動かない方が良いか。よし、フウ、ハルトの手に乗れ』

僕が両手を合わせて前に出すと、すぐにフウが乗ってきました。

『今からはちょっと難しいかもしれないが頑張れ。先程の俺の魔力をハルトに流したように、今溜まっているお前の魔力をフウに流すんだ。魔力が出ていく感覚は分かりやすいからすぐに分かる。そしてそれが出来たら、フウの名前を呼び、契約すると言うんだ』

わわ、ちょっと難しそう。ロードファングもそう言っていたし。でも頑張らなくちゃ。

僕の手の平に乗ったフウに、魔力を流します。またさっきのロードファングのことを思い出しながら。

そうしたらすぐでした。どんどん魔力が手の方に集まってきて、外へ出ていくと、フウに流れ始めたんだ。そしてかなり魔力が流れたと思ったら。

『よし、そろそろ良いぞ』

そうロードファングに言われたから、言われていた通り、名前と契約してって言いました。

「フウ、ぼくちょ、けいやくちて」

言った瞬間、いきなりフウが光り出して、目を開けてられなくなって、ぎゅうっと目を瞑ります。

でもすぐにロードファングが声をかけてきて。

『おい、契約が成功したぞ』

そう言われて、そっと目を開けたら。さっきまで羽とか、髪の毛とかキラキラしていたんだけど、それがもっとキラキラになって。ううん、それだけじゃなくて体全体が輝いているフウがいました。ロードファング曰く、契約したからパワーアップして、見た目も少し変わったんだって。へぇ〜、契約すると見た目まで変わるんだね。でも、良かった。契約がうまく出来て。

『やった！　やった！　これからずっと一緒だよ！』

「うん!!」

さあ、フウの契約は成功したから、次はロードファングだよ。名前がないって言っていたけど、どうするんだろう。ロードファングで良いのかな？

『よし、今度は俺だ。俺はもともと名前がなかったからな。契約の時は、契約する奴が名前をつけるんだ。お前のことだぞ。さあ、俺に名前をつけてくれ。それからはフウの時と一緒だ』

僕が名前つけるの!?　僕、ペットとか飼ったことないから、こういうの苦手。どうしよう。

僕が内心ワタワタしているのをよそに、ロードファングはニヤニヤがさらにニヤニヤに。ああ、そんな嬉しそうな顔して……、ちゃんと名前考えてあげなくちゃ。

ロードファングは黒いオオカミ。しかもとっても綺麗な黒。そう言えばお母さんが、ロードファングみたいに綺麗な黒の石を持っていたっけ。

名前は確か……、ブラックオニキス。石の意味は、悪を退けて、悪霊とかから守ってくれるって、お守りの石って言っていたよね。みんなを穢れから守るロードファングに、ぴったりじゃない？

「オニキシュ！」

『オニキシュ？』

「んー、しゅ！」

お願い分かって……。良い名前だと思うのに、お子様な呂律が邪魔するよ。

『ああ、オニキスか』

僕は思いっきり、ウンウン頷きます。

『オニキスか……、いい名前だ！』

オニキス！　気に入ってもらえたみたい。よし名前決定。今日からロードファングはオニキスね！

すぐにフウの時みたいに、魔力を溜めます。それが出来たら、オニキスが自分のおでこと僕のおでこをくっつけたよ。準備完了です。

「オニキシュ、ぼくとけいやくちて」

光がオニキスを包みます。僕はまた目を瞑って。そして目を開けた時そこには、さっきよりも艶々な、さらに黒が綺麗になったオニキスが居ました。触ってみたら、さらさらふわふわ。とっても気持ち良いよ。

『よし、俺の方も契約は成功だ。これからよろしくなハルト』

『ボクもボクも!!』

それぞれぎゅううぅぅっと抱き合います。

それから僕、みんなにお願いしてみました。契約できたのは嬉しいんだけど、主っていうのは。

僕、自分が主って感じしないし。だから家族にならないって言ったんだ。だってこれからずっと一緒に居るんだし、それに僕、家族が欲しいよ。お父さんもお母さんも居なくなっちゃって、叔父さんとは家族になれなくて。僕、寂しかったんだ。

僕の言葉に、最初びっくりしてた二人だけど、でも、家族で良いって。二人も家族の方がもっと嬉しいって言ってくれて。

こうして今日、僕達は家族になりました。これからどうなるか分からないけど、楽しみだなぁ。

・・●・・

何でこんな所に子供が？　俺は幻を見ているのか？　人間の子供が、ロードファングと妖精といたように見えたが。

それは偶然だった。冒険者ギルドの依頼を受け、たまたまこの森へ来たのだが、まさかこの危険な森で、小さな子供の姿を見るなんて。

何処からか、ロードファングが攫ってきたのか？　それとも誰かがここに子供を置き去りにし、その子供をロードファングが……？

どちらにしても、取り敢えず冒険者ギルドと、領主様に知らせなくては。俺だけでは、あの子供を助ける事は出来ない。

ロードファングだぞ。魔獣のランクでトップクラスの。上級冒険者が、最低で十人はいる。それ以上か？　そんな魔獣に俺一人では。

早く早く。俺は馬を走らせた。

•••••

契約が終わって、家族になって、最初ははしゃいでいた僕だけど、やっぱり子供だからかな。さっきたくさん寝たのに、また眠くなっちゃって。

オニキスが寝て良いって言うから、また寄りかかって眠りました。前よりも気持ちいい毛並み。最高のベッドってこんな感じ？

またまたぐっすり眠った僕が目を覚ましたのは、もうだいぶ明るくなった頃でした。オニキスに、朝とか昼とかあるのか聞いたら、明るくなれば朝だし、暗くなれば夜。お昼はなんとなくだって。まあ、自然で生きているなら、そんな感じになるよね。

それから夜に、僕の周りを明るくしてくれた光の妖精、名前はライって言うんだけど。朝起きて確認したら、まだ僕達と一緒に居たから。ライにも一緒に家族にならないって聞いたんだ。だって夜にとってもお世話になったし、一人だけ仲間ハズレみたいでしょう？

そしたら、それ聞いてフウが怒っちゃって。ライと大喧嘩始めちゃいました。

『ハルトはボクと初めて会ったんだよ。だからボクがハルトの一番の家族になるんだもん。ライはまだ会ってから、少ししか経ってないでしょう。だからまだダメ！』

『どうして！　フウだってオレとそんな変わりないじゃん。オレだって、夜からずっと一緒に居て、ちゃんと役に立ったんだから、家族になってもいいだろ！』

なかなか喧嘩が終わらなくて、最後にはオニキスが二人のこと叱ったよ。僕のこと困らせたら、フウは契約解除するし、ライは契約させないぞって。それでやっと喧嘩は終わりました。

フウに何でダメなのか聞いたら、同じ妖精だから、ライのことばっかり僕が優しくするかもって思ったんだって。僕そんなことしないよ。みんな同じに幸せじゃなきゃ。だって家族でしょう。

「ぼく、みにゃたいしぇちゅ。みにゃだいしゅき。だかりゃ、にゃかよくしゅりゅ」

そう言って、人差し指で頭なでなでしてあげたら、うーんって、何か考え込んじゃって。やっぱりダメかなって思っていたら。

『ライ、なでなでしてもらう時は、一緒になでなでだよ。一人だけダメだからね』

あれ？　もしかして撫でられるのが好きなのかな？　撫でる回数が減るのが嫌だった？　もう、言ってくれれば、いっぱい撫でてあげるよ。ほら。

僕はフウを撫でてあげます。そんな撫でられて嬉しそうにするフウを見て、ライがそっと寄って来たから、ライも一緒に撫でてあげて。そしたら、オニキスが俺は？　って。

その時のオニキスの顔が、とっても情けない顔していて。森を守るロードファングじゃないの？　僕思わず笑っちゃったよ。でも僕の手、二つしかないからね、順番に撫でてあげたよ。

そして撫でるのが終わったら、ライと契約しました。三人家族と思ったけど、四人家族に訂正です。僕は一気に家族が増えてウキウキだよ。

さぁ、契約も終わって、朝からちょっとバタバタしたけど、今日は何をするのかな？　家族になって一日目。何か必要な物とかあるかなぁ。まあ、今の僕には大した事出来ないかも知れないけど……。そう言えばみんな、家とかあるのかな？

聞いてみたら、みんないろんな所で寝たり、ご飯食べたりしているんだって。そうか、ここは森の中。そして魔獣と妖精。家がなくても平気なんだ。でも、雨降ったりとかしたら、僕風邪ひいちゃうかも。

よし決めた。今日はみんなで暮らす所を探そう！

『何だ。家が欲しいのか？』

オニキスにみんなで暮らす、良い場所ないか聞いたら、僕達が入っても全然狭くない洞窟があって。その洞窟の近くには木の実もたくさんあるみたいで、オニキスはよくそこに居たんだって。そこなら家にぴったりかもってことで、オニキスに乗って、その洞窟まで移動です。

『すぐ着くぞ。あの洞窟は俺の縄張りだから、他の魔獣は来ないんだ』

オニキスが言ったとおり、すぐに洞窟に着きました。中に入ったら、僕達四人にちょうどくらいの広さでした。よし！　今日からここが僕達の家、決定です！

オニキスから降りて座ってみます。う～ん、やっぱり岩だから痛い。まずは、葉っぱとか集めて、地面をふかふかにした方が良いかな。

「はっぱ、あちゅめりゅ。みんなであちゅめよ」

『あっ、それならオレとフウが得意！　ちょっと待っててな。フウ行こう！』

『うん！』

二人がササッと洞窟から出て行っちゃいました。みんなで集めた方が早くない？　そう思っていたんだけど、すぐに帰って来た二人を見てびっくり。

二人の頭の上に大きな葉っぱの塊が。魔法で集めてまとめて持ってこられるんだって。二人が何回かそれを繰り返してくれて、地面は葉っぱでふかふかになりました。

それからワタみたいな、ふわふわの葉っぱも持って来てくれて、さらに地面がふわふわに。あんな葉っぱ見たことないよ。きっと僕、見たことない物、ここにはたくさんあるんだろうな。ちょっと楽しみかも。

二人のおかげで、すぐに終わっちゃったから、お礼に大好きななでなでしてあげました。それ見たオニキスは、ご飯は俺に任せろって、出て行っちゃって。木の実を採るのはいいけど、どうやって持って帰ってくるの？

と、僕の疑問はすぐに解決。戻って来たオニキスは大きな葉っぱに木の実包んで、それを咥えて戻って来ました。みんな何でも出来過ぎじゃない？

木の実を置いたオニキスは、しっぽをブンブンふってニヤニヤしながら、僕が頭を撫でるのを待っています。

オニキス、強い狼じゃなくて、大きい犬みたい。でも、木の実持ってきてくれてありがとね。撫でてあげたら、ぶんぶんしっぽを振っていたよ。それからとっても嬉しそうでした。

その後は、みんなで洞窟の周りと、洞窟の中は葉っぱを敷いていない場所を掃除したよ。みんなで掃除？　ううん、僕が石とか、ツルとかに引っかかって転ばないように、みんなが片付けてくれたんだ。僕は危ないから、まだ外出ちゃダメって、洞窟の中でじっとしていました。

僕、今日一日、何もしてないんだけど……。

この世界に来て二日目。今日はみんなが、それぞれのお友達を紹介してくれることになりました。というか家族になったって、お友達に自慢したいみたい。

『俺は皆に、ハルトがいかに素晴らしい人間か話すぞ！』

『フウも自慢するんだ！』

『オレも!!　家族になったなんて、みんな羨ましがるだろうなぁ』

そんなことを言っていました。僕、そんなに凄いお子様じゃないんだけど。なんか無駄にハードル上げてない？

そんなこんなで、最初にフウ達のお友達に会いに行きます。フウ達のお友達が集まっている所が、この洞窟から近いんだって。オニキスに乗って出発！

この前の花畑を通って、少し奥に行くと、僕が最初に見た湖とは違う、もう少し小さな湖が見えてきました。あの湖の周りに、フウ達のお友達が居るんだって。

湖が見えるとすぐに、先に僕達が来たこと知らせてくるって、二人とも飛んで行っちゃったよ。

そして湖に着いたら、たくさんの妖精が、羽をキラキラ光らせながら飛んでいました。しかもそのキラキラが、みんな違う色をしているから、とっても綺麗。ただ、契約したフウとライの方がキラキラが強いから、もっと綺麗です。

出迎えてくれた妖精さん達に、まずは自己紹介。

「はりゅとでしゅ、よりょちくね」

『『『はりゅと!!』』』

……違う。僕の名前は晴人だよ。は、る、と。もう、お子様のお口が恨めしい。

『違うよ、ハルトだよ。ハルト人間の子供。まだ小さいから、うまく話せないんだよ。それよりね、ボクとライ、ハルトと契約したんだよ。良いでしょう!』

フウの言葉に、集まっていた妖精がワアーワアー言い始めました。良いなぁとか、何で二人だけとか、僕も契約してみたいとか。それを聞いたフウとライは。

『みんな契約ダメ。オレ達家族になったから、契約したんだぞ』

『家族はこの四人だけなの。だからみんなはダメ!』

そう言いながら、それでも自慢をやめないフウとライ。ハルトは可愛い、ハルトはすごい魔法使える、なでなでが気持ち良い、とっても優しい。何てことずっと言われて、恥ずかしいんだか嬉しいんだか。

『そうだハルト、今たくさんボクの友達が居るから、妖精の鱗粉かけてあげる。鱗粉を体にかければ、ハルトも少しだけ、飛べるようになるよ』

何それ!? 僕が飛べる!? フウとライが飛んでみる? って聞いてきたから、もちろん!! って答える僕。

ドキドキしながら待っていたら、妖精が僕の周りに集まって飛び回りながら、鱗粉をかけてきました。キラキラ、キラキラ。綺麗な鱗粉が僕にかかります。

『もう大丈夫じゃない』

『そうだね。ハルト飛ぶの想像してみて』

飛ぶのを想像？　想像……、目を瞑りながら、飛んでいる姿を想像します。少しして、

『ほらハルト！　浮いてるよ。でも……』

パッと目を開けて確認。本当に飛んでいる？　自分の足元見たら、たしかに浮かんでいる!?　地面に足がついてない！　でも……。

十センチくらい？　なんか僕の想像していたのと違う。もっとこう、みんなみたいに飛ぶのを想像していたんだけど。

オニキスが、僕はまだ魔力の使い方知らないから、もっと自由に魔力を使えるようになったら、もっと飛べるようになるって教えてくれました。

そっか、ちょっと残念。でも飛べたのには変わりないよね。心配そうに僕のこと見ている妖精達に、ちゃんとお礼言わないと。

「みにゃありあと。ぼく、うれちい！」

そう言ったら、妖精達は安心したみたいで、すぐにニコニコになって。

その後はちょっとだけ浮かんだ僕と、みんなで空中散歩をしました。あっちへふわぁ～、こっちへふわぁ～。歩くんじゃなくて浮いて移動しているから、なんか変な感じだけど、でも初めての感

覚で結構面白かったです。

何回かその辺を往復していたら、スッとゆっくり、足が地面に着きました。これで空中散歩は終わりです。楽しかったぁ、みんなありがとね。

空中散歩が終わって、フウとライも自慢が終わったって言うから、妖精さん達との交流は終わり。妖精さん達にバイバイして、今度はオニキスの仲間の所へ移動です。

「みにゃ、ばばい！」

『ハルトまたねぇ！』

『また遊ぼうねぇ！』

小さい手でみんながバイバイしてくれました。可愛いなぁ。また今度ね！

オニキスのお友達が居る場所は、森のもう少し奥なんだって。森の奥に行けば行くほど、強い魔獣が多いみたいです。それと移動している時に、オニキスが自分のこと教えてくれました。

もともとオニキスはただのファングとして生まれてきたんだけど、みんなよりも魔力が多くて、しかも穢れを祓うほどの力持っていたから、毎日訓練して自分を鍛えて、それである時、ロードファングに進化しました。それからはずっとこの森のこと、守って来たって。

オニキス偉いね。そんなオニキスは撫でてあげよう。なでなで、なでなで。うん。撫でたタイミングが悪かったよ。オニキスが喜んで、スピードアップして走り始めちゃったんだ。そんなオニキスにお子様な僕が、乗っていられるはずもなく。

「まっちぇ～!!」

落ちそうになって、オニキスの毛を慌てて掴みました。何とかぶら下がったまま、オニキスに向かって叫んだよ。落ちたら大変。

『す、すまん!?　大丈夫か！』

慌てて止まったオニキス。止まったオニキスにぶら下がったままの僕。うん。オニキス大きいからね、足なんかつかないよ。そっと毛を掴んでいた手を離して、尻もちつきながら着地。いたたた。

『大丈夫かハルト、本当にすまん』

『オニキスいけないんだ！』

『ハルトお怪我しちゃうよ！　オニキスは少しの間、なでなで禁止！』

僕が何も言わないうちに、フウとライがオニキスに罰与えちゃったよ。別に気を付けてくれれば良いだけだったんだけど。撫でたタイミングが悪かっただけだし。

でもしょぼんと頭下げているオニキス、ちょっと可愛い。罰はかわいそうだけど、少しの間なでなで我慢してもらおうかな、ごめんねオニキス。

その後、もう一度オニキスに乗ってお友達の所に。どれだけ森の奥に来たのか。今まで見ていた大きな木が、もっと大きい木に変わって、ここからがファング達の縄張りだって。群れって、どのくらいの群れなのかな？　みんなもふもふかな？　会うの楽しみ！

縄張りに入ってすぐ、少し開けた場所にでました。そしてオニキスがひと声鳴くと、木の間から続々とファングが集まって来て、全部で三十匹くらい？　広場はファングでぎゅうぎゅう。何処にこんな隠れていたの？

「いっぱい！」

『二つの群れだ。たまたま今日ここにいたのが、この二つの群れだっただけで、もっとたくさんいるぞ』

多いと思ったのに、もっと多いなんて。多い群れだと一つの群れで、四十匹くらい居る群れもあるんだって。

すぐにオニキスが僕を紹介してくれて、ファング達がゾロゾロ僕にすり寄って来ました。うーん、オニキスには敵わないけど、ふわふわな毛並みで気持ち良い。

オニキスがうーとか、ワウとか、何か言っています。何で普通にお話しないのかな？　不思議に思って聞いてみたら、普通の魔獣は、言葉は喋らないんだって。魔力の量が多かったり、レベルが高い魔獣に進化したりすれば、お話出来るようになるけど、だいたいの魔獣が話せないって。

僕、今まで普通にお話していたから、それが普通だと思っていたよ。最初に会えたのがフウやオニキスで良かったぁ。

オニキスがワフワフって言ったら、みんながサッと整列しました。何て言ったか聞いたら、あんまり僕に馴れ馴れしくするなって。それをして良いのは、家族であるオニキスだけだって言ったらしいよ。あの短い鳴き声でそんなに言えたの!?

整列したファングを見ながら、オニキスが説明してくれました。真ん中に並んでいる二匹が、それぞれの群れのリーダーなんだって。他のファングと比べてみたら、確かに体も大きいし、艶々の黒い毛並みです。カッコいい。

『ハルト、お目めきらきら』

『カッコいいもんな！』

『何だと!?　ハルト、俺の方がカッコいいだろう!!』

もちろんオニキスはカッコいいけど、他のファングもカッコ良いよ。と思っていたら、オニキス僕の前に来て、みんなを見えないようにするんだもん。もう！

僕がブスってしていたら、後ろの方から小さな小さな子ファングが一匹歩いて来ました。か、可愛い。もうねファングじゃなくて、ただの可愛い子犬。触りたい。

僕の前に来てお座りした子ファング。

『はじめまして』

「ふぁ！　しゃべりぇりゅの？」

『ああ、こいつは魔力が多いからな。将来の俺だぞ』

そうなんだ。こんなに可愛いのに、いつかオニキスみたいに……。僕がじっとオニキス見ていたら、オニキスが何か知らないけど、カッコつけて立ちました。何カッコつけているの。

カッコいいオニキスみたいなロードファングも良いけど、このまま可愛いロードファングとかいても良いんじゃないかな？

『あのね、おじちゃん。ハルトと、あそんでいいですか？』

オニキスが黙ります。僕も遊びたい！　お願い！　僕もオニキスに向かってお願いします。

『……分かった、少しだけだぞ。その後は、俺の番だからな』

後半の言葉はとりあえず置いておいて、僕は初めにそっと子ファングの体を撫でました。ふおぉぉぉ!! 何てもふもふ、ふわふわなの!! 子ファングにぎゅうってしても良いか聞いて、良いよって言ってもらえたから、早速ぎゅううぅぅぅ! ああ、幸せ。

僕のお願い聞いてもらったから、今度は子ファングのお願いを聞いて、子ファングの好きな遊びをします。木の枝投げて、持ってこい。うん。やっぱり犬だよね。

何回もやってあげて、僕の腕が疲れたから終了しました。

「ふう、あちゅいね」

『ぼく、まほ、つかえる』

まほ? ああ、魔法のことかな? 子ファングは、風の魔法が得意らしいです。風の魔法で、涼しくしてくれるって。ありがとう。

『かぜの、まほ。うーん』

子ファングがぎゅうって目を瞑って唸ります。僕みたいに、力を溜めることから始めるの。たくさん練習して慣れれば、すぐ魔法は使えるんだけど、僕達みたいなお子様はまだまだです。

子ファングがうーんって唸って、少しした時でした。突然子ファングから、物凄い風が吹いて。

あまりの強さに僕は。

「ふわあぁぁぁ!?」

ゴロゴロ転がっちゃったよ。誰か助けて!

『ハルト!!』

『わあぁぁぁ!!』

『助けてええええ!!』

オニキスが僕を咥えて助けてくれました。僕、オニキスだったらひと口サイズなのね……。良かった、本当に家族で。

と、それよりも、さっきフウとライの声も聞こえたよね。二人とも飛ばされちゃった!?　慌てて二人の名前を呼びます。それから周りを見て。

そうしたら、リーダーのファングや大人達、お兄さんお姉さんファング達は大丈夫だったんだけど。やっぱりまだ小さい子ファング達は、何匹か飛ばされちゃっていて、大人達に助けてもらっていました。みんな大丈夫？　うちの二人知りませんか？

「ふう、りゃい！　どこいりゅの!?」

『ハルト、ここだよ！』

『こっちこっち！』

木の陰から二人が飛んで来ました。大丈夫、怪我してない？　確認したら二人共、羽も体も怪我していませんでした。ふぅ、ひと安心。

風の魔法を使った子ファングがしょんぼりして、僕達に謝ってきました。気にしないで。だって涼しくしてくれようとしたんだから。

僕はうまく喋れないから、そんな感じのことを、オニキスに言ってもらったよ。それから大丈夫だよって撫でてあげて。それで少し元気になった子ファング。本当に気にしなくて良いからね。

そんな事をしているうちに暗くなってきたから、家に帰ることに。子ファングとまた遊ぼうねって約束をして帰りました。

家に帰って、ご飯の木の実食べて、一日中遊んだ僕はこっくりこっくり。オニキスに寄っかかりながら、ぐっすり眠りました。

第二章
事件発生！　絶対に助けるよ

Kegare wo haratte,
Mofumofu to
Shiawaseseikatsu

「それは本当なのか。子供とロードファングが共にいたと言うのは」

「ああ、連絡してきたのはシスだからな。見間違いってこともあるかも知れないが、まあ、間違いはないだろう」

今街の冒険者ギルドの、俺のギルドマスター室には、俺を含め主要メンバーが集まっている。シスという冒険者から冒険者ギルドにある情報がもたらされ、その情報のために、緊急の招集をかけたからだ。森の奥で、人間の子供と、ロードファングが共にいたと言うのだ。

これからどうするのか。助けに向かっても、シスがそれを目撃したのは二日前のため、もう生きては居ないだろうという意見や。

それでもロードファングが目撃された以上、確認に向かうべきだという意見。もしかしたらまだ子供が、何かの拍子に生きているかもしれないという意見。様々な意見が出される中、領主が手をあげ、皆を静かにさせる。

「子供が生きているにしろ、死んでいるにしろ、何かしら身元が分かるものがあるかも知れない。それに、本当にもし生きているのなら、助けに行かなければ。捜索隊を編成しよう。ランクはA以上。相手はロードファングだ。参加は自由としよう」

「それには俺も参加しよう」

領主自らが捜索隊に参加する。その情報とともに、ギルドの依頼掲示板に、捜索隊への参加希望の依頼を張る事に。

「どれだけ、集まってくれるか……」

領主の小さい囁きが、俺の耳にだけ届いていた。

・・●・・

「ふゆゆ。おはよ、ごじゃましゅ」

『起きたか？』

『『ハルトおはよう!!』』

ご飯を食べて、今日は何がしたいか聞かれたから、今日は森の中を探検したいって言いました。だってここには、僕が知らない物ばかりだから。もしかしたら地球にもあったかも知れないけど、多分違う物ばかりだと思うんだ。

トイレに行って、オニキスに浄化してもらって、洋服と体も浄化してもらいました。便利な魔法。僕も魔法の勉強をしたら、出来るようになるかな？

今日もオニキスに乗って出かけます。オニキスが最初に連れて行ってくれたのは、この前の花畑。

ここは色々な花が一日も欠かさずに、毎日咲いている場所で、オニキスが一番好きな場所なんだって。

『この花は、蜜がとっても美味しいんだよ。ほら舐めてみて』

フウが教えてくれたピンクの花、チューリップみたいな花なんだけど。それを一つだけ摘んで、蜜を舐めようとして、花びらを取ろうとしたら、そうじゃないって。そのまま花を傾けてって言われたよ。

コップみたいにするのかな？　言われた通り、コップみたいにして花びらに口つけてみました。そしたら凄く甘い、とっても美味しい蜜が、口に流れ込んできました。

「おいちい!!」

『でしょう。フウ達妖精は、みんなこの蜜が大好きなんだよ』

『摘まなくても、そのまま上手に飲めれば、次の日にはまた蜜がたまってるんだ。オレ毎日飲んでたんだぞ』

そうなの？　先に言ってくれれば良いのに、摘んじゃったよ。ん？　あれ？　この花……。オニキスが茎折ってみろって。すぐに折ってみると、ポキンって音がして。さっきは普通の茎だったのに、今はガラスみたいになっていました。茎だけじゃありません。花の部分もカチカチに固まっていたんだ。この花、本当にコップみたいになっちゃった。

「しゅごい！」

『この花は、摘んで少し経つと、こうして固まってしまうんだ。森にいる魔獣の中には、この花を道具として使っている者もいる』

器用な魔獣なんだね。ファングとかはもちろん使わないって言っていたけど、うーん。どんな魔獣なんだろう。そのうち会えるかな。

『フウがそれをハルトに教えて良かった。ハルトこれでお前は、水が飲みやすいだろう』

うん！　昨日とかも湖に行って、手で一生懸命に水すくって飲んでいたんだ。木の実だけの水分じゃ足りなくて。でも手は小さいし飲みにくいし大変だったの。

でもこの花コップがあれば、楽に水が飲めるね。花の部分と茎の部分を、オニキスが綺麗に切り離してくれて、本当にコップみたいになった花コップ。ふふふ、なんか嬉しいなぁ。

その後も、この花は蜜が苦いからダメとか、何もしなければ良い匂いの花なのに、触ると臭い匂いになる花とか教えてもらって。

一番面白かったのは、触ると色が変わる花です。最初は水色の花で、ちょんて触ると黄色に変わって、もう一回触ると次は赤。他にも黄緑とかオレンジとか、毎回色が変わるんだ。ね、面白いでしょ。

一通り花の説明してもらって、それだけで結構時間が過ぎちゃいました。でも夜まではもう少し時間があるはず。探検したいって言ったのに、花畑だけで終わっちゃったらつまんないよ。

「ほかにも、みちゃい」

『じゃあ、あそこに行くか。家にも近いから、すぐに帰れる』

オニキスが次に連れて行ってくれたのは、草がいっぱい生えている所。ここには何があるのかな？　じっと草を見ていたら、かさこそ草が動き出しました。そして草の中から出てきたのは、僕の小さい手のひらと同じくらいの、小さい小さいリスみたいな生き物でした。

「かわい!!　まだこじょも？」

『いや、これで大人だ』

ふぉ!?　こんな小さいのに大人なんだ。こういう草のいっぱい生えている場所で生活している、リリースっていう魔獣で、人懐っこくて、優しい魔獣なんだって。今も僕の頭や肩、手のひらに膝、リリースがちょこんって座っています。可愛い!!

リリースと戯れているうちに、だんだん辺りが暗くなってきました。時間のこと忘れていたよ。残念、今日の探検はここまでです。

リリースにバイバイして、家に帰ろうとしたら、みんなは帰ったのに、一匹のリリースが僕の頭から下りません。オニキスに乗る僕。僕の肩に乗るフウとライ。そして頭に乗ったままのリリース。オニキスが帰るように言ったみたいだけど、全然帰る様子がありません。

「どちよ。おにきしゅ、ちゅれていってい？」

『はぁ』

オニキスがすっごいため息。何？

『帰れと言ったが、お前のことが気に入ったから、一緒に連れてけと。魔力が少ないから、契約は出来ないぞと言ったが、それでもついて来ると言ってきかない。ここは連れて帰るしかないだろう』

そうなの？　このリリースの家族とかはそれで良いの？　僕は一緒にいても別に良いんだけど。というか一緒にいたいって、むしろ嬉しいけど。

オニキスに確認してもらったら、独り立ちしたばっかりだから良いんだって。そういうことなら。

「じゃ、いちょいこ」

結局みんなで家に帰ることに。花畑と草むらしか行かなかったけど、とっても楽しい一日でした。

次の日も探検です。今日は最初に、この森の景色が一番良く見える場所に、連れて行ってもらいました。

森の奥へ進んでいって、ファングの縄張りを通って、さらに奥へ進みます。大きくなっていた木が、またまたさらに大きい木に変わって、そして今日の前には、とっても大きい木が。この森で一番大きい木なんだって。

どのくらい大きいかって言うと、木の幹は僕がお子様なせいもあると思うんだけど、壁だね。向こう側なんて、ちっとも見えません。枝も僕の体くらい太いし、葉っぱも僕の体より、大きな葉っぱが付いていています。

この木はオニキスが生まれる前から、ずっとここにあるんだって。オニキスに歳聞いたら、二百歳超えたかって、もう分かんないって言っていました。この木にもびっくりしたけど、オニキスの歳にもびっくりしたよ。

ただ、オニキスはそれでも若い方らしくて、この世界の魔獣は長生きの魔獣が多いらしいです。

それもビックリだよ。ちなみにフウとライは、生まれて二年だって。うん、なんか普通で安心したよ。

オニキスに乗ったまま木のてっぺんに登ります。

「わあぁぁぁ!!　しゅごい!!」

遮るものがない、大きな木のてっぺん。今日は天気も良くて、どこまでも広がる森が、バッチリ見えました。サイコーだよ、こんなに綺麗な森が見られるなんて!

と、とっても良い景色に本来の目的忘れるところだった。森のことちゃんと見なくちゃね。

森を見渡して観察します。オニキスが、あそこが僕達の家のある場所、あっちがファングの縄張りって、僕が行った所がどの辺か教えてくれます。

本当に広い森です。遠くの方に街とか見えるのかなと思ったけど、木だけでした。人がいるのかなとか、街があるのかなとか思っていたから、少しだけ残念だったけど。ま、僕の家はここだし、家族もいるから良いか。

しっかり森を見たら、次に行くのは森の外の方。危険な草とか木がある場所があるんだって。それの勉強に行きます。

着いた所には、とっても先が鋭い草、朝だけ毒を出す花、近づいた魔獣を捕食して養分にしちゃう木、そんな危ない植物がいっぱい生えていました。

『いいか。絶対一人で出歩くな。こういう危ないものが森にはたくさんあるんだ。ハルトなどすぐに死ぬか、大怪我をする』

うん、絶対一人で歩くのはよそう。そんなことになりたくないもんね。でも、こういう勉強は大事。ちゃんと知っておかないと、大変な事になっちゃう。森は楽しいけど、危ない事も多いね。

そして勉強の後は、もう一度森の奥に戻って、この前の子ファングと遊びました。それでこの前の子ファング以外のファング達とも仲良くなったんだ。というか殆どのファングと仲良くなったけど、オニキスがピリピリしちゃって、大人ファングはなかなか近寄って来ないんだもん。もう、良いじゃん、遊ぶくらい。

『ぼく、まほ、れんしゅう、がんばるでしゅよ。おじちゃみたいなるでしゅ』

頑張っているんだね。僕も魔法の練習してみたいけど、オニキス教えてくれないんだ。まだ小さいからダメって。子ファングだって小さいのに。浄化だけでも教えてくれないかな？　少し前にフウとライが。

『あのね、オニキスは自分でやりたいんだって』

『ハルトの世話は、オニキスの役目だって言ってたぞ』

なんてことを言っていました。僕そのうち、何も出来ない人間にならないかな……。

暗くなって来て、みんなにバイバイして家に帰ったら、ライの魔法で明るくしてもらって、洞窟の中でみんなでゆっくり。

そうそう、食器が増えました。昨日僕が寝ている間に、フウとライが、あのコップになる花を摘んで来てくれて、ちょっと花びらが開いちゃっているのをお皿にして、それから大きい花は、木の実を入れておく入れ物にしたんだ。この花、大きさが色々あるからとっても便利です。

それと今日は寝る前に、一つ仕事があります。そう、昨日僕達と一緒にこの家に来た、リリース に名前をつけるの。リリースは魔力が弱い魔獣だから、契約は出来ないんだけど、家族になるなら名前がいるでしょう。

「どんな、なまえ、い？」

オニキスに通訳してもらいます。

「カッコいい名前が良いと、言っているぞ」

危ない、間違えていたよ。可愛いから可愛い名前が良いって、勝手に思っていたよ。名前つける前で良かったぁ。

カッコいい名前かぁ。うーん、家族から離れて、勇敢に外の世界に出てきた子。勇敢は確か英語でｂｒａｖｅ。ブレイブ……。

「あのね、ぶりぇいぶ」

『ブレイブか？』

「しょう。いみは、ゆかん」

『勇敢か。カッコいいな、よし聞いてみよう』

オニキスがリリースに伝えます。気にいってくれるかな？　ドキドキして待っていると、突然リリースが洞窟の中を走り出しました。どっち？　気にいってくれたの？　走り回っていたリリースが僕の肩に乗っかって、顔をスリスリしてきました。

『気に入ったって言ってるぞ。今日からそいつはブレイブだ』

良かったぁ。顔をスリスリするブレイブの頭を撫でます。どんどん家族が増えるね。僕とっても嬉しいよ。しかも人数が増えても、この家はぜんぜん平気。だって大きいのはオニキスだけ。あとはちびっ子ばっかりに、お子様な僕だけだからね。引っ越さなくても大丈夫だもん。

楽しいことばっかりで、毎日がすぐ終わっちゃいます。今日だって気づかないうちに、夕方になっていたし。

次の日の朝は、子ファングが遊びに来てくれました。一人じゃないよ。子ファングのお父さんも一緒。家の中に招待です。

それでね子ファングが喜んで飛び跳ねたら、葉っぱやモコモコ葉っぱが舞って、それ見てみんなで大はしゃぎ。最後にはみんな、身体中に葉っぱをつけていて、オニキスと子ファングのお父さんが、ぶつぶつ言いながら、僕達の体についた葉っぱをとってくれました。

ごめんね、大人達。でもこれは子供の特権なのです！　楽しいんだもん……。

今日も僕達の家の中は賑やかです。フウとライとブレイブが、木の実を取り合ってケンカするんだもん。それも毎朝。木の実はいっぱいあるのに。それに昨日の朝は、僕がフウに木の実を採ってあげたら、みんなそれが欲しいってケンカするし。

「けんか、め！　ぼくおこりゅ」

そう言うと大人しく木の実食べ始めるんだけど。今度からケンカしないように、みんなのお皿に木の実を分けようかな。そうすれば大丈夫だと思うんだけど。

朝ご飯を食べ終わったら、今日は子ファングが遊びに来てくれるみたいだから、何かみんなで遊べるもの考えておかなくちゃ。

いつも何か投げて持ってくるだけじゃつまんないし。家の中は葉っぱがめちゃくちゃになって、オニキス達大人組が、僕達にくっついた葉っぱを取るのが大変だから、遊ぶのは禁止だって。

どこか遊べる場所ないかな。そういえば僕が最初にいた湖、あそこで水遊び出来ないかな？　森の中は、暑くもないし寒くもないから、お水で遊んでも大丈夫なはず。

「ふぁんぐきたりゃ、みじゅうみ、いきちゃい。みじゅうみ、あしょぼ」

『分かった。ついでに湖の魔獣も見せてやろう』

え？　魔獣いるの？　まさか人食べたりしないよね。心配して聞いたら、そんなおっかない魔獣はいないって。湖に生えているコケを食べているみたい。良かったぁ。

そんな話をしていたら、子ファングが来たから、みんなで湖まで移動。そして着いてすぐ、子ファングもフウ達もわあぁぁぁ!!　て叫びながら、湖にダイブ。僕も！　って行こうとしたら、オニキスが洋服を脱いで行けって。

まあいいか、誰か居るわけじゃないし。僕は一生懸命服を脱いでみんなの所へ。洋服まで脱ぎにくいなんて、もう。やっと僕も湖にダイブ！　気持ちいい!!

「キャッキャ！」

『ぼく、うまくおよげるよ。みてて』

子ファングは犬かきしながら湖の中心へ。そしていきなり潜ったと思ったら、出てきた子ファングは、口に何か咥えていました。魚？　陸にあげられたのは魚。黄色と青のシマシマ模様の魚です。

『こいつがこの湖に居る魔獣だ』

なんかカラフルな魚だね。あ、魔獣か。オニキスが、これが美味いんだって言ったら、子ファングがもっと捕ってくるってまた中心へ。オニキスも俺もって言って中心へ。あっという間に、地面は魚魔獣だらけに。

大量だから、子ファング達と分けることにしたよ。大きな葉っぱを持ってきて、その上に魚魔獣を乗っけて、包んだら出来上がり。

その後もたくさん遊んで休憩して、また遊んで。フウとライが、船みたいな形をした葉っぱを持って来てくれて、それ浮かばせて遊びました。本当に船の形をしているんだよ。こんな葉っぱもあるんだね。

と、そんなこんなで、もう夕方です。子ファングのお父さんが迎えに来たから、今日のお遊びはおしまい。オニキスとお父さんファングが魔法で僕達の体を乾かしてくれます。しかもあったかい風だから、冷えた体にはちょうど良いの。魔法って温度調節も出来るんだ。

魚魔獣を包んだ葉っぱをお父さんファングが咥えて、子ファングは器用に背中に乗って、かえっていきました。僕は……。

『ハルト、遅い』

『オレ達、用意終わった』

『キキィ！』

しょうがないんだよ。洋服着るのもお子様の僕には大変なの。思わずオニキスに、さっき魔法で体を乾かしてくれたみたいに、洋服も乾かしてくれたら、洋服脱がなくてもよかったんじゃって聞いたら、洋服で溺れたらどうするんだって。……はい、そうですね。

フウ達に急かされながら、やっと洋服を着替え終えて、さあ、家に帰りました。そして今日のご飯はもちろん、湖の魚魔獣です。

家から少し離れた所に木の枝を用意して、オニキスが魔法で火をつけます。その間に僕達は一生懸命、魚魔獣に木の枝を刺しました。よし！　準備完了。火の側に枝を刺して、後は焼けるのを待つだけ。

オニキスは最初、そのまま焼こうとしたんだ。大丈夫なのか聞いたら、加減を間違えてよく炭になるって。だから僕がこの方法教えてあげたんだ。だんだん魔獣が焼けて来ます。良い焦げ色。

『ほう、上手く焼けるものだな。今度からこうやって食べよう。今までのは焦げて苦くてな』

だろうね、炭だもんね。さあ、焼けたみたい。早速食べよう‼　熱々の魚魔獣をハフハフ言いながら食べます。美味しい‼　今まで食べた中で一番美味しいかも。

しかもなんとこの魚魔獣、頭にしか骨がありません。だからとっても食べやすいんだ。骨がないのに、こんなにしっかりしているなんて、不思議な魔獣だよね。

たっぷり魚を食べて、残った魚魔獣はオニキスが全部食べちゃいました。それからお片付けは明日する事にして、火はちゃんと消えたことを確認して、僕達は家に入ったよ。

戻る途中、一回だけオニキスが振り返りました。

「どちたの?」

『……いや、何でもないぞ。さあ、帰ってマッタリしよう』

「?」

どうしたのかな?　ちょっと気になったけど、オニキスは慌ててないし、大丈夫かな?　と、思ったんだけどね。オニキスが気にしていたこととは別の問題が起きたんだ。

家に入った後は何もないまま、家の中でマッタリして、そろそろ寝ようとしたときでした。

『おじちゃん!!　ハルト!!』

暗闇の中から子ファングが突然、家の中に駆け込んで来たんだ。それから他に一匹大人ファングも入って来て。子ファングは目にいっぱい涙を溜めて、とっても慌てています。

『おとうさんが、おとうさんが……』

『穢れか!!』

『ぼく、たすけられない……。おじちゃん、おとうさんたすけて』

走り出そうとするオニキスに、僕も連れてってって言いました。

『ダメだ!　穢れが危ないと、分ってるだろう!!』

分かっているよ。でも僕は、穢れを祓うことが出来るんでしょう。オニキスだけでも大丈夫かも知れないけど、僕もいた方が良いかも知れないじゃん。この前みたいに、オニキスが倒れちゃったらどうするの。

僕の言ったことを、ちょっとだけ考えたオニキス。それで一緒に来ても良いって言ったんだけど、でも、オニキスが呼ぶまで、近づいたらダメだって。了解！

みんなでオニキスに乗って、子ファング、ずっと泣いているんだ。大丈夫！　オニキスと僕が必ず助けるからね!!

急いで子ファングのお父さんがいる所に。子ファング、ずっと泣いているんだ。


急いで子ファングのお父さんの所に向かいます。夕方会った時は元気だったのに、こんな急に穢れって襲ってくるの？　大人ファングに咥えられている子ファングが、ポロポロ涙を流しています。

ライが周りを明るくしてくれるから、暗くてもスピード上げて走ることができたよ。ちなみに僕が落ちないように、オニキスがしっかりしっぽで支えてくれて。それから風魔法で周りの風からも守ってくれているから、速く走っても大丈夫なんだ。だからすぐにファングの縄張りまで行けました。

そして縄張りに入ってから少し走ったら、子ファング達の群れが生活している場所に到着。そこにはたくさんのファングが集まっていました。

すぐにお父さんファングの所に行こうとしたら、その手前でオニキスが止まって、木の陰に僕を下ろしたよ。

「どうちたの？　はやくいこ」

『ハルト、子ファング。お前達はここに隠れていろ。良いと言うまで出てくるな』

「おにきしゅ？」

『……人間が居る。どんな人間か分からん。盗賊かも知れないから、絶対に出てくるな、良いな』

そう言って、僕達を残してオニキスはお父さんファングの所へ。え？　人間？　僕は木の陰からチラッと色々と覗いてみました。う～ん、暗くてよく見えない。

『おとうさん……』

そうだ、今はそれどころじゃない。子ファングを落ち着かせてあげないと。僕は子ファングをぎゅっと抱きしめます。

「だいじょぶ。おにきしゅ、たしゅけりゅる。しゅごいんだかりゃ」

『……うん』

ブレイブも僕達の足元で跳ね回って、大丈夫って言っているみたい。フウとライが交代で、状況を教えてくれます。

オニキスは安全のためめって言って、ライの光を使わないで、月の光だけで穢れを祓おうとしているんだって。他のファングは、人間を威嚇して近づかせないようにしているって。頑張ってオニキス！

でも、どうして人がここに居るのかな？　何処から来たんだろう。この前、木の上から見た時は、街とか道とか何にもなかったよね。わざわざこの森に来たってこと？　何しに？

オニキスの言った通り、盗賊とかだったらいやだな。もし戦ってみんなが傷ついたら嫌だもん。もしかしたら、死んじゃうかもしれないいんだよ。

もう、気になること多すぎだよ。人のこと気にしながら、オニキスの様子見てきたフウに、子ファングのお父さんがどうなっているか聞きます。

「ど？　だじょぶ？」

『オニキス頑張ってるの。でも、穢れが濃いって言ってるよ』

「こい？」

『そう。穢れが濃いと、なかなか治らないの』

穢れが濃いってことは、薄い穢れもあるの？　オニキスが倒れていた時は、たくさんの穢れが集まりすぎたって言っていたし。もしできたら、穢れのこともっと勉強して、祓う練習もして、お手伝い出来たら良いな。

家族もお友達の魔獣も、僕、守りたいもん。子ファングの頭をなでなでしながらそんなこと考えていたら、ライが戻って来ました。

人の様子見に行っていたんだけど、今は動く気がないみたいで、じっとこっちの様子窺っているって。取り敢えず、お父さんファング助けるまで、そのまま動かないでくれると良いけど。

『ハルト……』

オニキスが戻ってきました。子ファングが駆け寄ります。

『おとうさん、なおった!?』

『……すまない。あまりにも穢れが濃すぎて、俺にも祓えない』

『!?　おとうさん!!』

子ファングが走って、群れの中へ入って行きました。そんな助からないの？　子ファングの大好きなお父さんなのに、いつも会っていたのに！

オニキスは首を振って、静かにお座りしました。それと同じくらいに、ファング達がワフワフ、次々と鳴き出して。お父さんファングを見送るための鳴き声だって。ずっと泣いて待っていた子ファングを思い出して、僕はもっと悲しい気持ちに。

……僕なら治せないかな。オニキス助けた時みたいに、助けられないかな？

「おにきしゅ、ぼく、だめ？　たしゅけられない？　おにきしゅたしゅけちゃ、だかりゃ」

『だめだ、ハルト。今回は穢れが濃すぎる。もう少しで助けられるなら手伝ってもらおうと思ったが、あれはダメだ。この前みたいに、上手く行くか分からない。もし失敗したら、今度はハルトが穢れに襲われて、死んでしまうかもしれん』

「でも……。ぼく、こふぁんぎゅ、かわいしょ。ぼくやってみちゃい」

『ダメだ。人間だって居るのに、もしその途中で襲ってきたら』

「ぼくやりゅ!!」

僕はどうしても諦めることができませんでした。オニキスが止めたけど、やっぱり何もしないま、お父さんファング死ぬのやだもん。子ファング泣くのやだもん!!

僕は転びそうになりながら、ファングの群れの中に入って行きました。オニキス達も慌てて、後をついてきます。この時の僕は、助ける事しか考えていなかったよ。

・・●・・

まさかだった。俺キアルと、今回の捜索隊に参加している者達は、この森で子供を目撃したシスに案内されて、シスが最初に子供とロードファングを目撃した場所へ着いたが、そこには何も情報がなく。他にも確認しようと、更に森の奥へと進んだは良いが、ファングの群れに遭遇してしまい。すぐに戦闘の態勢を取った。しかし……。

ファング達はいっこうに俺達を襲って来なかった。それどころか、何かを守るように、俺達が近づかないように威嚇してきて。

何だ？　何かあるのか。観察していると、そこに奴が現れた。ロードファングだ。俺達が探していたロードファングだろうか。そうはいない魔獣の上位種だ。間違いないと思うが……。

ロードファングは俺達をチラッと見た後、すぐにファングの中心へと歩いて行き、何かを始めた。

木の上から様子を窺っていた冒険者が報告してくると、どうもファングの群れの中心に、倒れているファングがいるらしい。そしてそのファングは穢れに襲われたのではないかと。その冒険者も穢れを祓う力を少しだけ持っているため、感覚で分かったらしい。その穢れを、ロードファングが祓おうとしているらしい。

ファング達と俺達との睨み合いは続き、少し経った時、ロードファングが歩き出し、木の陰へと消えていった。倒れていたファングはそのままに。ダメだったのか？　それからすぐ、ファング達がいっせいに声をあげ始めた。仲間への弔いのようだ。

と、ロードファングが消えた方から、ガサッという草が動く音がした。そして俺の部下が声をあげた。

「キアル様！　あれは！」

俺は目を疑った。まさか小さい小さい、あれは二歳くらいか。本当に小さな子供が現れた。そしてファングの中心へと入って行き。その後ろから、さっきのロードファングが慌てた様子で子供を追ってきた。ファング達も子供を襲う様子はない。一体どうなっているんだ。

・・●・・

僕はお父さんファングに近寄ります。やっぱりあの黒いモヤモヤが、身体中にまとわりついている。オニキスの時よりももっと濃い黒いモヤモヤです。

『ハルト……、ひっく……』

涙でくちゃくちゃの顔で、子ファングが僕に擦り寄って来ました。

「ぼく、やっちぇみりゅ。がんばりゅ!!」

『ありがと、ふえぇ……』

えっと、オニキスの時はどうしたんだっけ？　確か撫でて、こんな穢れなんてなくなればいいのに、って思ったんだよね。そしたら体があったかくなって。

取り敢えず撫でるところから始めてみる？　僕はお父さんファングをそっと撫でます。それから同じように、穢れなんてなくなっちゃえって考えて。でも体があったかくなりません。何で？

『ハルト……。まったくしょうがない奴だ。もう姿を見せてしまったし、お前の気持ちを大切にしたいからな。いいか、俺の言うとおりにしろ』

オニキスが力の使い方を教えてくれるって。でも僕一人だと、この前みたいに力を使い過ぎちゃうといけないから、オニキスが一緒に魔法を使ってくれるみたい。ありがとうオニキス!!

最初にオニキスが僕の肩に前足を乗せました。それからオニキスの魔力を僕に流してきて。オニキスのあったかい魔力が、僕の体に溜まりました。

オニキスの魔力が溜まったのが確認できたら、次はこの前契約した時みたいに、自分の魔力を溜めることに。今の僕の中にあるオニキスの魔力と、同じくらいの量の魔力を溜めるんだって。難しい、でもやらなくちゃ！　僕は集中して魔力を溜め始めます。

少しして、オニキスの魔力以外のあったかいものが、僕の中に溜まり始めました。うん、この前と同じ、良かった、僕の魔力が溜まり始めて。魔力が出なかったらどうしようかと思ったよ。

気をつけながら、どんどん魔力を溜めていく僕。それでオニキスと同じくらいの魔力が溜まったかな？　って感じたとき、オニキスがもう大丈夫だって教えてくれました。

さぁ、ここからが大事。今溜めた僕の魔力とオニキスの魔力を、お父さんファングに流しながら、穢れを外に出すように考えろって。

これも難しいけど、一番大切なこと。しっかりと流すこと、お父さんファングから穢れを追い出す事を考えます。魔力を流して……。穢れを外に……。

数秒後、黒いモヤモヤの穢れが、薄くなり始めました。上手くいった？　そう思ったんだけど、でもすぐに元の濃い黒いモヤモヤに戻っちゃいました。

「どうちて？　こにょまえは、できちゃよ」

『やはりダメか。この前ハルトは無意識に魔力を使って俺を助けてくれたんだ。ハルトの魔力は膨大すぎて、あの時下手をしたら、魔力の使いすぎで、ハルトが死んでたかもしれなかったんだ』

「じゃあ、もちょっちょ、まりょくめ？」

オニキスにお願いしたけど、僕のことを心配してダメだって言われました。でも……。子ファングを見ます。泣きじゃくってお父さんお父さんって、ずっと呼んでいます。僕はあの時のこと一瞬思い出したよ。

僕のお父さんとお母さんが、事故で病院に運ばれた時のこと。あの時僕は、今の子ファングみたいに、ベッドに寝て動かない二人に抱きついて、ずっと泣いていたんだ。大切な大好きな家族。あの時僕は何も出来なくて。

今の家族を見ます。オニキスにフウとライにブレイブ。もしみんなが苦しんでいて、助けることが出来るのに、自分のことを心配して、そのせいでみんなが死んじゃったら……。そんなの僕嫌だよ。これ以上家族や、友達、みんなが悲しむのを見たくない。

僕はもう一度魔力を溜めます。それをお父さんファングに流して。オニキスが気付いて止めたけど、僕は止めませんでした。

どんどん黒いモヤモヤが薄くなっていきます。さっきみたいに黒いモヤモヤは戻りません。そして、数十秒後、ふっと黒いモヤモヤが消えました。全部だよ。もうお父さんファングに穢れは纏わりついていません。

と、それと同時に僕はフラッとしちゃって、オニキスに寄り掛かりました。

『ハルト!!　ハルト!!』

うん、この前と一緒。でもこの前は気を失っちゃったけど、今度は何とか起きていられました。

『無茶しやがって、後でお説教だ！』

オニキスの口調が、お父さんみたい。力が入らないけど声は出たから、へへへへって笑っちゃったよ。

お父さんファングは、とっても落ち着いた呼吸をしていて、もう大丈夫そうです。そんなお父さんファングにくっついて、子ファングがやっぱりわぁわぁ泣いています。それで泣きながら、

『ハリュト、ありあと』

って。良かったぁ。これで子ファング、お父さんとサヨナラしなくてすむね。また、みんなで幸せに暮らせるね。

・・●・・

「領主様、ファングが……!?」

何が起こっている。上から見ていた冒険者が、先程現れた子供が、どうもファングの穢れを祓ったらしいと、俺、キアルに報告してきた。ファングは報告では、かなりの穢れに襲われていたはず。それを子供が？

ただでさえ上級の穢れを祓える人間は少なく、貴重な存在で。その力を使える者のほとんどが国

に仕えている。そしてそういった人間は、かなりの修業をしてレベルを上げたのちに、国に認められるため、完全に力を使いこなせるようになるのは、だいぶ歳をとってからになる。

しかし、そんな大変な苦労をして手にする力を、あの子供は使い、ファングの穢れを祓ってしまった。

「領主様、子供が倒れてます！」

「何だと!!」

力を使い過ぎたな。回復魔法で少しは回復することが出来る。すぐにでも回復して楽にしてやりたい。だが……。あいかわらずファング達は、俺達を見張ったまま、威嚇してきている。まるで子供を守るように。

一体どういう事なんだ。あの子供は何故ここにいて、何故魔獣達に守られている？　ロードファングまでもが子供に寄り添い、子供の顔に顔を擦り寄せ、子供が辛くないように、ベッドの代わりをしているようだと報告が。

俺はどうするべきだ。声をかけ手を貸すべきか。ロードファングなら言葉が分かるはずだ。しかし無闇に声をかけるのもダメな気もする。彼らには彼らの生活がある。俺達が口を挟んで良い事ではない。

悩んでいる俺に、ロードファングが動き出したと報告が来た。子供を他のファングが咥え、上手く背中に乗せたと。このまま別れて良いのか？　俺は自分でも気づかずに声を出していた。

何度か魔力に触れたことで、体は魔力に慣れていて、意識を失うことはなかったけど、でも結局のところ、この前よりも魔力を使っていたから、魔力を回復した方が良いって。

ただ、この辺には魔力を回復できる魔獣がいなくて。反対側の方には居るみたいなんだけど。

『今から家に帰り、呼んでくるか。それとも直接行くか』

眠たいなぁ、この前は眠ったら元気になったよね。なら、僕家に帰って、いつもみたいにみんなで寝ていたい。あのふかふかな葉っぱの上で。

「いえ、かえりゅ……」

『……分かった。そうだな、家へ帰ろう』

『みんなで一緒に寝ようね』

『すぐ元気になるよ』

『お前達、俺はハルトを家へ連れて行ったら、回復魔法を使える魔獣を連れてくる。それまでハルトを頼む』

『うん！　任せて！』

『オレ達が、しっかり看病してるぞ！』

家に帰る事が決まって、自分でオニキスに乗れないから、他のファングが僕の服咥えて、オニキスの背中に乗せてくれました。落ちないように、ゆっくり帰ろうって。

でもオニキスが歩き出そうとした時でした。

「待ってくれ!!」

誰？　僕、眠たいんだけど。早く帰って眠りたい。それでも声は続きます。

「ロードファング、話がある!!」

オニキスに話があるの？　本当に誰？　僕、寝ていても良い？　オニキスが話などない！　さっさとここから立ち去れ！　そう吠えました。それなのにその誰かは、話を続けるんだもん。目を開けてられなくて、瞑りながら誰かの話を聞きました。

・・●・・

まったく、俺と、皆が早く帰ろうとしているのに、声をかけてくるなど。俺達には話などない。何故人間と話さなければいけないのだ。ああ、ハルトは別だぞ。

まあ、盗賊ではないんだろう。落ち着き人間を確認したが、盗賊ならば、今頃ここは戦闘になっているはずだ。が、声をかけて来た男は、他の人間達と違い、少し身なりが良いように見える。それと、この男がこの人間たちのリーダーのようだ。

「その子供は魔力の使い過ぎで、倒れているんじゃないのか？　俺達の仲間には回復魔法が使える者がいる。回復させてもらえないだろうか！」

余計なお世話だ。何故見たこともない人間に、助けを借りなければいけない。それでもし、ハルトに何かあったらどうする。

俺は無視して歩き出そうとした。が、それでも人間は食いさがってくる。まったく煩《うるさ》い奴だ。魔法を使えば、早くここから離れられるか？　しかしそれではハルトの体に悪い。

『お前達が居なくなれば、家に帰りゆっくりでき、魔力も回復する。早く去れ！』

イライラする。ハルトはうつらうつらし始め、今にも寝そうだ。早くあのふわふわな葉っぱの上に寝かせ、回復のできる魔獣を呼んでこなければ。

とその時人間が、こんな事を言ってきた。

「我々ならすぐに治してやれる。その状態を長く続けさせるつもりか。体を動かすことが出来ず、辛いんじゃないのか？　確かに眠って静かにしていれば、魔力は回復出来るかも知れんが、その子にとってどっちが良いのか考えろ」

その言葉に俺は一瞬立ち止まる。背中の上でぐったりするハルトを感じ、そして人間の言ったことを考える。

確かに人間が言ったことは間違いではない。早く治してやれるならそれが一番良いに決まっている。しかし、治すのは人間だ。もしハルトに何かされたら……。その時フウが言ってきた。

『ハルト辛そう……』

確かに少し呼吸があらい。フウの言葉とハルトの様子に、俺は仕方なく、人間の話に乗ることにした。

『分かった、治せ。だが、こっちに来るのはお前と回復者だけだ。それ以外が近づけばすぐにファング達に襲わせるし、お前の命もないと思え』

「ああ」

話しかけて来た人間と、回復者の男が近寄ってくる。奴がハルトをそっと抱え上げ、抱いたまま地面に座ると、回復者が手をかざす。すぐにハルトの体を、微かな光が包み込んだ。

「名前は？」

『お前に関係あるのか？』

「名前くらい教えてくれても良いだろう」

『ダメだ、さっさと治せ。そして俺達は家に帰る』

「……そうか」

少しして回復が終わると、呼吸が荒く、うつらうつらしていたハルトは、普通の呼吸に戻り、目をパッチリ開けた。そして自分の今の格好を見て驚いたのか、飛び起き俺の後ろに隠れると、チラチラと俺のしっぽの陰から奴を見る。

奴がこんばんはと言ったが、ハルトはそれを聞いてまた顔を隠した。それから小さい声で『こばは』と。こんばんはが『こばは』に。

さて、ハルトも元気になったし、俺達の家に帰るか。ハルトが乗りやすいように伏せをすると、ハルトが一生懸命に上ってくる。見かねたファングが手伝って乗せてくれた。すると人間が慌てた様子で話しかけてきた。

「待ってくれ。せめて名前だけ教えてくれないか。もしかしたら家族が探しているかも知れない！」

『家族？　家族は俺達だ。人間の家族はいない。さあ、帰ろう』

「俺達は一週間ほど、もう少し外側でここの調査をする。もし何か話がしたくなったら来てくれ」

返事は返さず、俺は走り出した。ハルトは未だに状況が分かっていない顔をしていたが、もう用事はないからな。気配だけは気にしておく必要があるが、あの人間達は盗賊ではない。余計な手は出してこないだろう。

家に戻り、落ち着いたハルトが、お腹が空いたと言ってきたから、皆でご飯を食べてから寝ることに。

ハルトが人間の事を聞いてきたが、回復してもらったと言ったら、それ以上は聞いて来なかった。俺は内心ヒヤヒヤしていた。ハルトがやっぱり人間と一緒に暮らしたいと、契約を解除してでも、人間の所へ行きたいと言ってきたら……と。

確かに人間の住む街で暮らしている魔獣もいるが、もしハルトが街に行きたいと言った場合、俺達をちゃんと連れて行ってくれるか？　ハルトと離れるなど、もう考えられない。

・・●・・

次の日に僕達の家に、お父さんファングと子ファングが遊びに来てくれました。お父さんファングは完璧に回復、子ファングがとっても嬉しそうに、僕達の周りを跳ねまわっています。良かったね子ファング。

それでね、もう大丈夫ってことで、みんなで湖に行って、たくさん魚魔獣を捕ることにしました。

僕がね、せっかくお父さんファングが元気になったんだから、回復のお祝いしようって言ったんだ。

お祝いっていったらご馳走がいるでしょう？　だからお魚魔獣を捕りに行くことになって。

でも、最初にお祝いの話をした時、みんなお祝いを知りませんでした。それで軽く説明したんだけど、魔獣はそんなことしないって。だからもう少し、詳しく教えてあげたよ。

お祝いは嬉しいこととか、楽しいこととか、幸せなことがあったら、みんなで集まってご飯を食べたり、おめでとうって言い合ったりすることだって。まぁ、こんな感じでしょう？　そうしたらみんなお祝いをやる気満々に。

結局集めた食材は、魚魔獣と木の実をたくさん。それからフウとライが、キノコを採ってきてくれました。しいたけみたいなキノコだったよ。

キノコと魚魔獣を焼いている間、オニキスとお父さんファングが、焼くのを見ていてくれるって言うから、僕達はそのまま湖で遊んでいました。

バシャバシャ!!　僕がみんなに水かけたら、みんなが真似をして水かけ合戦。水かけが強かったのはブレイブでした。ブレイブは泳ぐのも、とっても上手だったんだけど。大きなリスみたいなしっぽで、水をバシャバシャバシャバシャッ!!　って、すごい勢いでかけてきたの。

「ふわあぁぁぁ！」

『わあああ！』

『たすけてぇ～！』

『なにもみえない!!』

うん、ビックリ。みんなで急いで逃げます。そうしたらブレイブが、凄い勢いで追いかけてくるんだもん。

僕、地面歩くのだって危ないのに、水の中なんて上手く歩けるわけもなく、思いっきり転んで溺れそうに。急いでオニキスが、咥え上げて助けてくれました。今度から遊ぶ時は気をつけなくちゃ。

魔法で体を乾かして、綺麗に焼けたキノコと魚魔獣をお花のお皿に載せて、みんなの前に置きました。もちろんお父さんファングのご飯が一番多くね。今日の主役だもん。最後に食後の木の実も配って準備完了です。

「いたらきましゅ！」

そう言ってから、ほとんど一瞬でした。オニキスとお父さんファングのご飯がなくなるのは。うーん。あの大きな口だからしょうがないけど、もう少しゆっくり食べたら良いのに。子供組はゆっくりご飯。

フウとライが採ってきてくれたキノコ、とっても美味しかったです。食感は松茸？　ちょうど今がこのキノコ美味しい時期なんだって。

美味しいご飯に、お父さんファングの復活。お祝いは成功です。みんなニコニコ、ずっと笑っていました。

お祝いご飯の後は、みんなで家の前で遊んだよ。子ファングに木の棒を投げてあげたんだけど、いつの間にか誰がその木の棒を最初に取って来られるか競争に。しかもみんな魔法を使っているから迫力が……。

僕も早く大きくなって魔法使いたいなあ。だってねオニキスに、今日の朝、魔法を勉強したいって言ったら、まだ小さいからダメって言われちゃったんだ。

楽しい一日はすぐに過ぎてもう夕方です。子ファング達にバイバイして、後はずっと家の中でゴロゴロ。

そして夜になって寝る時間に。でもみんなが寝ちゃっても、僕はなんだか眠れなくて。ふと、昨日の人間のことを思い出しました。

昨日せっかく僕のこと回復してくれたのに、ありがとう言えなかったなぁ。起きたら突然目の前に居たからビックリしちゃったんだもん。この世界に来て、初めての人間。僕のこと見て、とっても優しい顔で笑いかけてくれて、本当は敵のはずのファング達の中に入って来てくれて、僕のこと回復してくれて。きっと優しい人なんだね。

でもね、別に僕は人と暮らしたいって、そこまでは今は考えていないよ。なんかオニキス達は心配していたけど。

確かに人のいる所で暮らすのも良いかもしれないけど、僕の家族はオニキス達で、ここが僕達の家だもん。今は無理して人のいる場所に行かなくてもね。それに、もし行くことになっても、必ずオニキス達も一緒だよ。

なんて、この時は思っていた僕。でもまさかすぐに、事態が動くなんて思ってもいませんでした。

「コンコン、コンコン」

『ハルト、大丈夫？』

『咳、止まらないのか？』

『キュキュ？』

『熱が高いな』

お祝いから二日経った朝。起きた僕は頭がクラクラ、体がふらふら。それから咳が止まらなくて。風邪引いちゃったみたい。体もポカポカで、オニキスが言ったみたいに多分熱が出ているよ。

『オニキスどうしよう。これ、僕達の具合悪い時と一緒かなあ。それとも人だけが具合悪くなる病気かなあ？』

『回復妖精連れてきても良いけど、オレ達の友達の妖精、人間の病気治したことないよ。オニキスの知ってる、回復魔獣は？』

『あいつも人間の病を治したことはない。さて、どうするか』

クラクラのふらふらだから、みんなが何を言っているか、しっかりとは分からなかったけど、誰かが僕の病気を治せないか考えているみたい。

大丈夫だよ。風邪ならきっとすぐ治るから。心配しないで。そう言いたいのに、喉が痛くて何も言えません。

少ししてぽやぁっとしている僕に、ちょっと待っていろって、すぐ治してもらうからなって、オニキスがそう言って、家から出て行った気がしました。何処に行くの？　何処にも行かないで、側にいて。そう思いながら僕は眠りにつきました。

第三章　領主様とこれからのこと、そして街へ

Kegare wo haratte, Mofumofu to Shiawaseseikatsu

あれ？　何かふわふわする。僕どうしたんだっけ？　僕はふっと目を開けました。霞む目をゴシゴシ擦って周りを確かめると、オニキス達が僕のこと覗き込んでいたよ。

『どうだ？　苦しくないか？』

「ふえ？」

『ハルト病気で、咳コンコンしてたんだよ。覚えてる？』

そういえば、朝から具合が悪くて、咳は止まんないし、熱でフラフラだったはず。でも今は何ともない？　もう治ったの？　フウ達のお友達が治してくれたのかな。それともオニキスの知り合いの魔獣？　ちゃんとありがとう言わないと。

「ようしぇいしゃん、なおちてくりぇちゃ？　おにきしゅのちってりゅまじゅ？　ありあとしゅる、どこにいりゅにょ？」

そう聞いたらオニキスがちょっと待ってろって。それから外に出て行って、すぐに戻ってきました。それで外に行くぞって。外に僕を治してくれた妖精か魔獣がいるみたい。

僕は立ち上がって、みんな一緒に外へ。体はいつも通りのお子様な歩き方だけど、フラフラしな

いから、完璧に治っているよね。洞窟の中を歩いている最中にオニキスが、ビックリしても俺達が居るからなって言ったんだ。

え？　誰が居るの？　何か怖い魔獣でも居る？　ちょっとドキドキしながら外に出ることに。そして外にいたのは、この前の男の人達でした。バッ!!　とオニキスの後ろに隠れます。

『ハルト、この前のように、この人間が治してくれたのだ』

僕はやっぱりこの間みたいに、しっぽの陰からチラチラ見て、でもどうしてもすぐには出ていけなくて。隠れた格好のまま、ありがとうを言いました。ちゃんとお礼は言わなくちゃ。

「ありあと」

そう言って、またサッと隠れて。だって何を話していいか分かんないんだもん。オニキス達との生活に慣れちゃったから、逆に人が何か苦手？　それに元々地球でも人と接するのが苦手だったの。

少しの沈黙が流れます。そんな中、最初に話したのは、あの時一番近くにいた男の人でした。

「こんにちは。体はもう大丈夫か？　俺の名前はキアル。君の名前は？　名前言えるか？」

「はりゅと」

「ハリュト……、ハルトか。ハルト、近づいてもいいか？」

僕は一瞬ビクッとしたけど、しっぽから顔を出して頷きました。オニキスは何も言ってないから、大丈夫なんだよね？

キアルさんがゆっくり近づいてきて、僕に目線を合わせるようにしゃがんでくれて、それから僕の頭をそっと撫でたよ。

「うん、顔色は良いな。このロードファングが人間だけに罹《かか》る病気だったら大変だと、君のために俺達を呼びに来たんだ。ちゃんとお礼するんだぞ。俺の言ってることが分かるか？」

そっか。そうだよね。オニキス達にもちゃんとお礼をしなくちゃ。心配かけちゃったし。すぐにオニキス達にありがとうって言います。そうしたら、家族なんだからあたり前だって。

僕はそれ聞いて嬉しくてニコニコです。ふへへって笑ったら、フウ達もふへへって。そしたらキアルさんが、ぼそっと小さな声で可愛いって。誰が？　フウ達？

そうでしょう！　フウもライもブレイブも、とっても可愛いでしょう！　オニキスはとってもカッコいいし！

キアルさんが、僕と話したいって。何か聞きたいことがあるみたい。だから家に入って、お話する事にしました。

それで聞かれたことは。どうしてここに居るのかとか、家族はいるのか、いつからここで暮らしているのかとか、色々聞かれたよ。

どうしてここに居るのかは、多分言っても信じてもらえないだろうから、分かんないって言っておきました。

それから家族はもちろんいるって。オニキス達は僕の大切な家族だよ。人の方の家族については、分からないって言っておいたよ。地球の方の家族はもういないし、ここには確実に人の家族はいないからね。詳しく聞かれても困るから、分からないって言っておいたの。

それと、いつからって言うのは、オニキスが何日まえくらいって、答えてくれました。僕、ここにきてから、最初は何日か数えていたけど、途中で止めちゃっていたからね。

あとは歳とか、いつも何食べているとか、そんな感じ。何でそんな事聞くんだろうね？　たくさん話して、ちょっとお腹空いちゃった僕。だって朝ご飯食べてないんだもん。僕のお腹がくう〜っと鳴りました。

「おなか、しゅいちゃ」

『ああ、そうか。朝ご飯がまだだったな。どれ今日はどの木の実を食べる？』

「ああ、それなんだが。俺達の所でご飯を食べないか。ハルトはもう回復したとはいえ、一応用心はした方が良い。俺達のテントの所には、薬草の入ったスープがあるんだ。どうだ、来てみないか？」

薬草のスープ？　何か苦そう。でも、いつも同じご飯が多いから、ちょっと食べてみて、これから僕達のご飯にしてみても良いかも。

火はオニキスいるから大丈夫だし、鍋は……、鍋はあの花の器使えないかな。あの花、固まると全然燃えないから、良いと思うんだよね。

オニキスの方をチラッと見ます。オニキスは僕が行きたいなら良いぞって。うん、行ってみよう！　キアルさんは良い人みたいだから、きっと他の人達も大丈夫だよね。僕は小さい声でオニキスにそう言いました。そしたらオニキスは、何かあれば守ってくれるって、俺が負けるはずないだろうって。だよね。

「いきまちゅ。おなかしゅおちゃ」

「よし、じゃあ行こう！」

　僕達はオニキスに乗って、キアルさん達は歩いて、テントのある所まで行きます。テントまでは一時間くらいでした。

　キアルさん達が僕達の家にきた時は、オニキスに乗ってきたからすぐについたって。普通に歩いたら一時間くらいの距離にキアルさん達はいたんだ。

　キアルさんがちょっとここで待ってろって、テントから少し離れた場所に僕達を止めて。先に二人だけでテントの所に。

　少しして、来ていいぞってキアルさんの声がしたから、オニキスに乗ったままテントの前に進みます。そしてテントの前に出れば、たくさんの人達が立っていました。

　オニキスから降りた僕は、すぐにオニキスの後ろに隠れます。うん、ジィーっと見られるの、ドキドキしちゃうんだもん。

『おい、ハルトは人に馴れてないんだ。そんなに大勢の人間に見られてたら、ずっと隠れたままだ』

「ああ、そうか。悪い悪い、皆解散しろ。後で紹介できるようならするから。ハルトはオニキスに隠れたままで良いから、俺に付いてきてくれ」

　キアルさんに付いて行って、一番大きいテントの中に入ります。テントの中には、小さい机と椅子が置いてあって、そこにはたくさんの紙が置いてありました。

　ここでキアルさんは仕事しているんだって。この森を調査して、気づいたことや、分かったことをまとめて、家に帰ってからまたそれをまとめる。何か大変そうな仕事だね。

キアルさんがササッと机の上を片付けて、僕を椅子に乗っけてくれました。

「うん、流石にすれすれか。まあ、何とかなるだろう、俺が手伝えばいいし」

椅子に座ったら、机が僕の肩くらいに。そう、僕が小さいから、机から顔だけ出る感じになっちゃったの。

そんなことしていたら、男の人が何か持ってきました。とっても良い匂いのするお椀です。ご飯持ってきてくれたんだ。

「さあ、どうぞ。熱いですからね、気をつけて食べてください。こっちはフルーツの飲み物ですよ。

……ちゃんと食べられそうですか。何か机から顔しか見えないんですが」

「大丈夫だ、俺が手伝う。それから食べ終わったら……」

キアルさんは男の人に何か言うと、男の人は頷いて外に出て行きました。

僕はスプーンを持って、お椀の中身をすくいます。うん、やっぱり良い匂い。それからすくった物を見ました。白い湯気がふわふわ～って、それからお米みたいな物が入っていました。

僕はあむって口に入れます。アツッ!?

「あちゅっ!!」

「ああ、ほら！　水を飲め！」

こくこく。急いで水を口に入れて、口の中に水を溜めます。それから飲み込んで。ふぅ、熱かった。

僕じゃ危ないってことで、その後はキアルさんが、今みたいにならないように、スプーンですくってふぅふぅして、食べさせてくれました。口に運ばれるまま、あむあむ食べます。

本当に小さい子供に戻っちゃったみたい。まあ確かにお子様なんだけど。それにこの頃、この小さい体にも言葉使いにも慣れてきたし、やっぱりもうここは、小さい子供として生活するしかないかな。

ご飯はやっぱりお粥で、とっても美味しかったよ。あまりにも美味しかったから、おかわりしちゃった。オニキス達も味見したいって、お粥もらっていました。

それにしてもこの世界ってお米があるんだね。他には同じ物あるのかな？　例えばうどんとかパンとか。

ご飯を食べ終わって、もうお腹ぱんぱん。ちゃんとご馳走様をします。そしたらキアルさん、ちゃんと言えて偉いなって褒めてくれました。

僕嬉しくなっちゃって、思わず笑っちゃったよ。えへへへって。そしたらキアルさんが、顔押さえてガックリしちゃってね。え？　大丈夫。

「だいじょぶ？　おなかしゅいちぇりゅ？」

僕達だけ食べていたから、もしかしておなかすいていた？

「い、いや何でもないんだ」

キアルさんすぐに復活したけど、本当に大丈夫かなぁ。

「どうだった。ご飯美味しかったか？」

「うん！」

「そうか、それは良かった。それでハルト、俺の仲間を紹介したいんだがいいか？　たくさんは呼ばない。三人と一匹だ」

三人と一匹？　まあ、そのくらいの人数だったら僕も緊張しないはず。さっきは多すぎ。僕が頷くとキアルさんが誰かを呼びました。

呼ばれて入ってきた人達は、大きい体の人と、ちょっと背の低い人、ご飯運んで来てくれた人でした。それからご飯運んで来てくれた人の肩に、オウムみたいな、ちょっと大きい鳥が乗っていました。

毛がふさふさ、気持ちよさそう、触ってみたい。……と、だから三人と一匹だったんだね。鳥がサッと飛んで、キアルさんの肩にとまりました。

「こいつは俺の契約魔獣で、名前はルティーと言うんだ。よろしくな」

「りゅちー、よろちくね」

そわそわ手を引っ込めたり伸ばしたりしていたら、みんなに笑われちゃったよ。キアルさんが触って良いって言うから、頭をそっと撫でます。

ふわあぁぁぁ！　ふわふわのモコモコだ！　ルティーも僕の手にすり寄ってきてくれて、それからまたサッて飛んだと思ったら、僕の頭の上に止まりました。

「ほう、珍しいな。こんなに早くルティーが懐くなんて。いつもだったら、何回も会って、ようやく慣れてくるのに」

へぇー、そうなんだ。僕はルティーを頭の上に乗せたまま、他の人達の紹介を聞きます。頭の上でルティーとフウとライがちょっと煩いけど……。

「この三人は俺の部下で一番の仲間だ。部下って分かるか？　部下っていうのは簡単に言えば、なんて言うか……。まあ、部下は部下だ」

それ説明じゃないよね。まあ僕は分かるから良いけど、他の小さい子供だったら分かんないよ。ご飯運んで来てくれた人がため息つきました。

「何ですかその説明は。まったく。そう言えばキアル様、自分の紹介はちゃんとしたんですか？」

「……ああ、名前は名乗ったぞ」

「……でしょうね。では私が全部まとめて紹介しましょう。まず私の名前はライネルです。それからこっちの……」

ご飯を運んで来てくれた人はライネルさん。それから体の大きい人はガントさん。小さい人はアランさんです。

ライネルさんは僕に、他のこともゆっくり紹介してくれました。それで分かったこと。キアルさんは領主様でした。街で一番偉い人ってね。確かに地球では領主様って結構偉い人だったよね。何かこの森から二日くらいの所にある街の領主様なんだって。

領主様はキアルさん、ライネルさんに怒られていました。ちゃんと僕に分かるように、しっかり説明しないといけないでしょうって。そしてちょっと小さくなるキアルさん。僕はオニキスに椅子から降ろしてもらって、ライネルさんの所に。

「あにょね、ぼく、だじょぶ。りょうしゅしゃま、やしゃちぃ」

だって見ず知らずの僕を回復して、ご飯まで食べさせてくれたんだよ。僕の言葉にライネルさんは、怒っている顔から優しい顔に変わって、良い子ですねって、頭を撫でてくれました。

自己紹介と領主様のことを聞き終わると、僕は家に帰ることに。入れ物にさっきのお粥を入れてくれて、後で食べなさいって渡されました。

あと領主様達は、もう少しここに居るみたい。何か、調査がどうとか言っていたけど、まあ僕には関係ないだろうし、別に調査のことはいいや。

お粥のこと、それから風邪を治してもらったことに、もう一度お礼を言って、僕達は家に帰りました。最初はちょっと緊張したけど、でもみんな優しい人ばっかりで良かった。走るオニキスに、ご飯貰えて良かったねって言ったら、

『ああ、そうだな』

それだけしか言わないんだ。何だろう？　少し元気ないみたい。もしかして、僕の風邪が移っちゃったとか？　それだったらどうしよう。この貰ったお粥、オニキスにたくさんあげて、ゆっくりしてもらおう。でもね、そう思っていた僕の考えは、全然違うものでした。

家に着いたら、風邪を引いていた時に寝ていた葉っぱは全部燃やして、新しいふわふわ葉っぱを敷き詰めました。その間もオニキスは静かなまま。本当に大丈夫かな？

夜になって、器にお粥を移し替えて、焚き火の上であっためました。それをみんなで分けます。

『ん？　俺のご飯多くないか？　ハルト、ちゃんと食べないと、また風邪を引くぞ』

「ぼく、だじょぶ。でもこんど、おにきしゅげんきにゃい。かじぇ？　だかりゃ、ごはんいっぱい!!」

『……俺のためか、そうか』

そう言うとオニキスは、ムシャムシャごはん食べ始めました。お粥だけじゃなくて、木の実もキノコもたくさん。あれ？　元気だね？

みんなが食べ終わると、オニキスが大事な話があるって言ってきました。とっても真剣な声です。フウ達もそう思ったみたいで、フウとライは僕の肩に、ブレイブは僕の頭に、ちょんと静かに座りました。

『ハルト、今日の人間達を見てどう思った？　人間は怖いと思ったか？』

「ううん。みにゃ、やしゃちかっちゃ。ぼく、こわくにゃい」

『そうか』

何でそんな事を聞くんだろう？　オニキスは続けて話します。

『ハルト、街で暮らしてみるか？』

「ふぁ!?」

その言葉に驚いたのは、僕だけじゃありません。フウもライもブレイブも、みんないっきに騒ぎ始めました。

どうして街で暮らすんだって。僕と別れなきゃいけないのかって、ブレイブなんかオニキスの鼻を引っかいて、鼻の中に足を入れて引っ張っているよ。痛そう……。

と、それよりも、僕もちょっと今パニック。オニキスから、そんな事を言われると思わなかったから。街で暮らすってことは、みんな家族じゃなくなるってこと？　そんなの嫌だよ！

鼻を引っ掻かれ、広げられ、フウとライに耳を引っ張られ、オニキスが慌てます。

『話はちゃんと最後まで聞け！　勿論街へは全員で行くんだ』

一瞬でみんなが静かになりました。よく話を聞いてみると、今回僕が風邪を引いた事で、オニキス考えたんだって。

もしこれからまた、僕が森の仲間だけじゃ治せない、人間の病気になったら？　今回は領主様がいてくれたから良いけど、いつもここに居るわけじゃないでしょう？　それから人が洞窟に住んでいるなんて、本当はおかしいことだし。

後は、ずっとここで生活して、僕が大きくなってから、街へ行くことがあったら？　人のこと、他のことを何も知らない状態で街へ行ったら、大変だろうって。

確かにそうかも知れないけど、僕、ここ好きだよ。ずっとここに居ても良いくらい好き。僕がそう言ったらオニキスは、ここは第一の家で、街が第二の家っていうのはどうかって言ってきました。

『俺はあの人間に聞いてみるつもりだ。あいつはなかなかの権力の持ち主らしい。ハルトは知らないが、ハルトが倒れているとき、あいつが言ってきたんだ。こんな生活ばかりしていたら、またハルトが具合を悪くするぞと。それから、もし良かったら、みんなと一緒に街に来てみないかとな』

そんな話していたんだ。知らなかった……。最初オニキスは、街に行くのを断ったんだって。ここが僕達の家だから。それに街に僕が行っちゃったら、お別れしなくちゃいけないかもしれないからって。

『だからな、俺が街へ行ったら、街の人間が怖がるだろうと言ったら、それも大丈夫だと言ってきた。そのうち慣れるだろうからと』

慣れるってそんな簡単に。でもそうか、オニキス達も街に行って良いんだ。

『だから一度街へ行ってみて、もしダメだったらすぐにここへ戻ってくれば良い。この家はこのままにしておけば、帰ってきてすぐ暮らせるからな』

うーん、オニキスがそう言うなら、一度行ってみても良いかな。でもフウ達は？　フウ達もそれぞれ考え込んでいます。

あっ、一番大事な事を、聞くのを忘れていたよ。オニキス、森から離れても良いの？　今までずっと、みんな守って来たんでしょう。オニキスが居なくなっちゃったら、みんな困らない？

そう聞いたら大丈夫だって。代わりが居るからなって。何か森の奥の、更に奥の方に、オニキスみたいに穢れを祓える魔獣が居るんだって。その魔獣は、一匹が好きで、誰とも関わりを持たないけど、魔獣が苦しんでいる時は、必ず助けてくれる優しい魔獣だって。

じゃあどうしてこの間、オニキスを助けてくれなかったのかって聞いたら、何処かに遊びに行っていたらしいです。え〜、大丈夫なの、本当に？

『これがきっかけで、もう少し、森の魔獣と仲良くなれるだろう。そうなってもらいたいから、今回の事は丁度良い』

それからも、色々みんなで話しあった結果、一度街へ行ってみようって事になりました。後は領主様にこのことを話して。

でも街へ行って、変な家に入れられたら大変だから、そこは気を付けなくちゃいけません。オニキスがしっかりと見極めるって言ったら、フウ達もって気合いを入れていたよ。

兎に角、僕達は街に行く事に決めました。


次の日の朝、僕達は洞窟の中を片付けて、もし帰ってきてもすぐに使えるように、他の魔獣達が入ってこないように。もともとオニキスの匂いを付けていたけど、さらにしっかりと匂いをつけました。

それからオニキスは僕を、子ファングの群れに預けて、これからの森のこと、穢れを祓える魔獣にお願いに行きました。どんな魔獣なんだろうね。それからフウ達も、友達に挨拶しに行ったよ。

『ハリュト、バイバイでしゅか？』

「うん。でも、しゅぐにかえりゅかも？」

僕とバイバイしたくないって子ファングが泣いちゃって、ちょっと大変でした。でも、僕のことをそんなに好きになってくれたなんて、とっても嬉しかったです。また遊びに来る約束したら、すぐだよって。本当可愛いなあ。

少ししてフウ達が戻って来て、その後すぐにオニキスも戻って来て、オニキスに乗ったら、子ファングに手を振ります。最後まで泣いていた子ファング。きっとすぐ遊びに来るからね。その前に本当に街に行くのか、それも分かんないけど……。

そのまま、この前の領主様のいるテントの場所へ向かいます。オニキスが話をするから、何にも言わなくて良いって言っていたけど、僕だってお話するよ。この前はちょっと緊張しただけで、今度は大丈夫なはず。でも……、テントが見えてきてやっぱりドキドキしちゃったよ。

街へ行って、変な家に連れて行かれたらどうしよう。意地悪されたり、叩かれたり、そんな家に行くくらいなら、僕はこの森の、僕達の家で暮らした方が良い。領主様は、そんなことしない優しい人かもしれないけど、他の人は？　そう考えたら、不安になっちゃって。

オニキスがスピードを落として、木の陰から姿を見せたら、ちょうどそこにライネルさんが居ました。何人か冒険者もいて、僕達を見て最初はびっくりしていたよ。うん。やっぱりダメ、人が多い。僕はオニキスに隠れてご挨拶。

「こちゃ」

「こんにちは、ハルト君。よく来てくれましたね。今キアル様を呼んできますから、待っていてください」

ライネルさんを待つ間、僕はオニキスに隠れたまま。そしたら近くにいた冒険者が僕に近づいてきて、ちょっとこっちに来いって。隠れたまま付いて行った場所は焚き火の所。それでね、おたまで鍋から何かすくってコップに入れて、それを僕に渡してくれます。

僕はオニキスのしっぽから出て、少しずつ冒険者に近づいて、コップを受取りました。あったかい。そうっと口に入れます。

「あみゃい!!」

甘くてココアみたいな飲み物でした。とっても美味しい！　僕はどんどん飲んじゃって、すぐ無くなっちゃいました。

「その様子だと、美味しかったみたいだな。もう少し飲むか？」

「うん！」

「にゃい……」

もう一杯貰って、それもすぐ飲んじゃいました。

「ありあとごじゃましゅ！」

「おお、また飲みたかったら言えよ」

ココアみたいな飲み物を飲み終わってすぐ、領主様が焚き火の所に。それから領主様のテントにおいでって、僕のことをひょいと肩車して歩き始めました。おお、高い。自分が小さいから、大人の視線になっただけで大きくなった感じがします。僕、思わず笑っちゃったよ。

「キャキャキャッ！」

「そうかそうか楽しいか、良かったな」

そう言われて、すぐ笑うのを止めます。この様子だと、感情もお子様になってきちゃっている？本当のお子様になるのも近い？

テントについて領主様が、僕を肩車したままテントに入ろうとしたんだ。でも肩車の僕は、テントの布に思いっきり顔をぶつけて。

「ぐえっ！」

カエルみたいな声出ちゃったよ。それから僕は涙目です。

「ふえ……」

領主様が慌てて僕に謝ります。

「す、すまん、大丈夫か!?　どこが痛い？」

「何をやっているんですかキアル様。ハルト君大丈夫ですか。ちょっとびっくりしましたね」

今度はライネルさんが抱っこしてくれて、頭を撫でてくれて。テントに入ってから少しの間、領主様はライネルさんに怒られていました。僕は椅子に座ってそれを見ているだけ。

怒られている最中に、体の大きい人が入ってきました。確かガントさん。ガントさんは二人を見てまたかって、二人を止めてくれたよ。二人をっていうか主にライネルさんだけど。

ガントさんのおかげで、ライネルさんが怒るのをやめて、ぐったりしている領主様が僕の方を見てきました。やっと話が出来そうです。


領主様は、僕の座っている椅子の前に、別の椅子を持ってきて座ると、僕の頭を撫でてきました。

「よく遊びに来てくれたな。それで今日はどうしたんだ」

「えちょ……」

『ハルトは恥ずかしがりやだからな、俺が話す。良いか？』

「ああ、勿論だ」

オニキスが、これから僕達がどうしたいか、全部話してくれました。昨日僕達が話した事全部です。それで領主様は話を途中で切る事なく、全部聞いてくれて。そして話し終わってすぐ。

「そうか！　街に来てくれるのか。良かった！」

そう言って、僕のことを抱きしめてきました。もうそれはそれは、すごい勢いで喜びながら。あまりのその様子に、僕の不安だった心はどっか行っちゃって、逆にちょっと引いちゃいました。

え？　そんなに僕が街に行くの嬉しいの？　って。

静かな僕に気づいたライネルさんが、領主様のことを引き剝がしてくれたよ。じぃーと見つめる僕。

「悪い悪い、あまりに嬉しくてな。よし、ハルト！　一緒に街に行こうな。それからこれから大事な話をするが、なるべくお前が分かるように話すからな。まあ、オニキスが居るから大丈夫だと思うが。それにお前も歳のわりに、理解能力が高そうだしな」

ちょっとギクっとした僕。でもそれには気づかれなかったみたいで、ホッとしました。だって本当はもっと大きい子供です、何て言えないもん。

それから領主様は、これからのことを話してくれました。最初から驚く話だったけどね。何と僕は街へ行ったら、領主様のお屋敷で暮らすんだって。僕のお父さんになってくれるらしいです。

領主様はニコニコしたまま、自分がお父さんじゃ嫌かって聞いてきたけど、僕は話を聞いて固まっていたから、すぐに答えられなかったよ。

だって領主様だよ。お屋敷だよ。今まで地球では小さなマンションに住んでいて、叔父さんの家に行ってからは、畳六畳が僕の居て良い場所で、ここへ来てからは洞窟が家で。それなのに突然お屋敷、そして領主様の子供。ビックリしないはずがないでしょう？

「キアル様、突然お父さんと言っても、ハルト君が混乱するだけなのでは？」

「そうか？　まあ、ハルトも固まってるしなぁ。話を飛ばし過ぎたか？　でも俺はハルトの親になりたいし、家族になりたいんだ」

「貴方はまったく。ハルト君大丈夫ですか？　ここまでのお話は分かりますか？」

ライネルさんの言葉に、現実に戻って来た僕は、こくこく頷きました。それからちょっと待ってって言って、オニキス達とテントの隅に行って、円陣を組みます。今の家族だけの話し合い。聞こえないように小声でね。

オニキスもフウ達もみんな、僕が決めて良いって。オニキス達は取り敢えず、領主様のことは認めているみたい。僕のことを二回も助けてくれたから。それに、その後のご飯の時とかも、優しくしてもらったからね。

どうしようかな？　僕が領主様のお屋敷で暮らすのか……。全然想像出来ないんだけど。でも優しいのは本当だと思う。だって会ってまもない僕にここまでしてくれて、今は家族になりたいとまで、言ってくれているし。

チラッと領主様を見ます。ニコニコ顔の領主様。早く了解しろって感じです。うーん……。そして僕は決心しました。

僕は領主様の所に戻って、領主様の前に立ちます。それからお辞儀して挨拶しました。

「よろちく、おねがいちましゅ」

その途端にまた、もの凄い勢いで抱きしめられて。まぁ、なんか嬉しいから良いか。今度はビックリしないで、僕もニコニコしたまま領主様のことを、ぎゅうぅぅぅって抱きしめ返しました。

あれ？　でも大丈夫なのかな？　他の家族の人とか、僕達が突然お屋敷に行ったらビックリしない？　何とかその事、領主様に伝えたら大丈夫だって。もう手紙を出して、その答えも貰っているからって。

いつの間に？　だって出会ってまだ何日？　それに今、僕達は街に行くって言ったよね。これはずっと後に知ったんだけど、この時領主様は、僕と出会ってすぐ、保護して家族にしようと思ってくれたらしくて。

僕と初めて会ったその日のうちに、部下に頼んで、家族に手紙を持って行ってもらったんだって。それからこれからお母さんになる人の契約魔獣が、領主様に手紙を届けてくれて、了解を貰ってくれました。もし僕が街へ行かなかったら、どうするつもりだったんだろう？

「さあ、街へ行って、家族になるのは決まったし。ハルト、これからは俺のことお父さんって呼んでくれ」

そうだね、これからは家族だもんね。領主様って呼んだらおかしいよね。僕は、

「おとうしゃん」

そう言いました。何かちょっと恥ずかしいけど、嬉しいなぁ。お父さん。久しぶりのお父さんです。

でも、お父さんって言ったのは良いけど、お父さんの反応がありません。どうしたのかと思って

顔を見てみたら、何か今度はお父さんが固まっていました。だからもう一度、

「おとうしゃん？」

そう呼んでみました。その途端、お父さんにまたぎゅうぅぅぅってされて、それから。

「うん！　いい！　お父さん良いな！　完璧だ!!」

凄いはしゃぎ様でした。それに僕達はまた、しんってなっちゃったよ。うん、この勢いに慣れないとね。この後すぐ、お父さんがライネルさんに怒られるのは、言うまでもないけど。

そんなこんなで、僕はこの世界に来て初めて、人と家族になりました。急な展開でちょっとビックリだけど、でもそれ以上に嬉しくて楽しみです。こんなに喜んでくれるんだからね。

領主様あらため、お父さんと話をして、街へ行くのは明後日に決まりました。何かもう少しこの森でやることがあるんだって。子ファングとバイバイして、街へ行く気満々だった僕は、ちょっと拍子抜け。でも、大事な仕事みたい。

話が終わってから、僕は遅い朝ごはんを、テントの中で食べさせてもらったんだけど、その時この前紹介してもらったメンバーが集まって、僕には分からない難しい話をしていました。

この世界のこと、この森のことしか知らないもんね。お父さんのお屋敷に行ったら、色々教えてもらおうっと。

この日から僕は、お父さんとずっと一緒にいました。たまに冒険者の人ともいたけど、ほとんどお父さんと一緒。そしてお父さんはずっとニコニコ。僕が家族になって、本当に喜んでくれているんだね。そう思った僕もつられてニコニコです。

そんな僕を見て、可愛い可愛いって言うお父さん。ライネルさんに、もう親ばかになったんですか？　って、あきれられていたよ。うん。それは僕もそう思うよ、お父さん。

そして二日後、いよいよ出発の日になりました。空は雲一つない綺麗な青空が広がっていて、最高の出発日和です。僕はオニキスに乗って準備万端。まぁ、ここまでに少しもめたけど。

僕は最初から、オニキスに乗って行くつもりだったんだけど、お父さんがどうしても僕と、自分の乗って来た馬に一緒に乗りたいって。馬……。牛みたいな顔した馬。うん、まぁ、魔獣についても街についてから調べてみようかな。

それは良いんだけど、僕がオニキスと行くって言ったら、お父さんは凄くしょげちゃって。それで後で一緒に乗るって約束しました。もう、しょうがないお父さんなんだから。

ガントさんを先頭に、次に冒険者の人が何人か続いて、真ん中にお父さん達と僕達、その後ろに騎士さんと冒険者さんが続きます。

お昼くらいになって、ちょっと休憩してまた出発。今日の夕方には森から出られるみたい。僕が疲れないように、ゆっくり街まで移動してくれているんだ。

お昼の後から、ブレイブがふらふら走って、先頭まで行ったと思ったら、今度は後ろに走って行って、それにフウとライが続きます。

今までこんなに森の外の方まで、来たことなかったみたい。だから楽しいんだって。僕はというと、お昼食べたら眠くなっちゃった。オニキスの上でこっくりこっくり、前に倒れそうになったり、後ろに倒れそうになったり。

「ねみゅい……」

「こりゃあ、ダメそうだな。オニキス、ハルトを抱っこしても良いか？　このままじゃ落っこちるぞ」

『ああ、そうしてくれ。前に落ちたことがあるんだ』

僕はお父さんに抱っこされて馬の上に。お父さんは片手で僕を上手く抱っこして、片手で手綱を引きました。ゆらゆら、ゆらゆら。ちょうどいい揺れ具合です。それからオニキスみたいにあったかい。僕はすぐに寝ちゃいました。

・・●・・

初めに俺と、『一緒に馬に乗らない』と、言われた時の俺の気持ちといったら……。こんなに心が沈んだのは久しぶりだった。俺の様子を見て慌てるハルトにちょっと笑いそうになったが、そのままわざとしょんぼりしていたら、ハルトが後で一緒に乗ると言ってきた。

そんな俺を見て、ライネルが溜息を吐き、そして哀れな者を見るように俺を見てきて。良いじゃないか。せっかく家族になれたんだ。子供と一緒に馬に乗るのなんか、当たり前だろう？

お昼を食べた後のハルトが船を漕ぎ出したため、俺はオニキスに確認して、ハルトの事を抱き上げ一緒に馬に乗ると、すぐにハルトは眠りにつき。本当に軽い、まだとっても小さいハルト。よくこの森で生きていてくれた。

初めてハルトと出会った時、驚きの方が大きかった。報告にあった子供。心の中では生きていて欲しいと思いながらも、きっともう生きてはいないと……。だが、まさか本当に生きているとは。森まで来た甲斐があった。

そしてその後のハルトの力にも驚いた。こんなに小さいのに、穢れを祓う力を持っているなんて。それもかなりの力だ。

ハルトに出会ってすぐ、俺は部下に妻への手紙を届けさせた。ハルトを絶対に連れ帰り、自分の家族として育てようと。なんとなく、ハルトを家族にしなければと思ったのだ。そうしなければいけないと。本当に連れていけるかも分からないのに。それでも運命を感じ。

それから色々あったが、ハルトが家族になると言ってくれた時の気持ちといったら。そしてお父さんと呼ばれた時の気持ちも。子供にお父さんと言われて以来の喜びだった。

嬉しくて嬉しくて抱きしめた時、もう離せないと思った。そんな俺を見て、ハルトは何とも言えない表情をしていたが、それは気にしないでおこう。

俺の腕の中ですうすう寝るハルトを見る。安心した穏やかな表情をして寝ている。ハルトがどういう子だか、これからどんどん知っていけばいい。時間はたくさんあるんだ。それよりも俺が嫌われないようにしなければ。この森に帰るなんて言われたら。

「体調は大丈夫そうですか？」

ライネルが話しかけてきた。こいつも何だかんだと、ハルトのことを気に入っている一人だ。こいつが世話をやきたがるのを初めて見た気がする。

「ああ、大丈夫だ。お腹いっぱいで眠くなったんだろう。昼寝の時間だな」

「どうしますか？　今日は森を出る前あたりで休みますか？」

ハルトの事を考えれば、それが良いだろう。ゆっくり街へ行けば良い。

「そうだな。そうしよう。もし先に行きたい奴が居れば、人数を数えて先に帰してやれ。多すぎたらダメだが」

森から街まで本来なら二日で着くが、ハルトが一緒だからな。三日といったところか。その後も、眠り続けたハルト。起きたのは今日の野営地に着いてからだった。

•
•
●
•
•

「うゆゆ……？」

「ハルト起きたか。ちょうど良かった、寝る場所に着いたところだぞ。今日はここで夕飯と泊まりだ」

目が覚めて周りを見たら、木がかなり少なくなっていました。今までは森の奥だったからね。あと少し行くと、街へ行く大きい道に出るらしいです。でももう夕方。だから今日はここで、野営するんだって。

みんなが休む準備と夕ご飯の準備で忙しくしている最中、僕はほとんどやれる事ないから、邪魔にならないように、オニキスをもふもふして遊んでいました。もふもふ～、もふもふ～。ああ、このもふもふがなんとも。

フウとライはご飯に興味があるみたい。あのお粥が気に入っていて、今日のご飯に出るのか、チェックしに行っています。

ブレイブは一人の冒険者と遊んでいます。お腹見せて、お腹を撫でてもらって幸せそう。あんなに懐くなんて。僕はブレイブの方に行ってみました。僕に気づいてブレイブがヒョコッと起き上がって、僕の頭に戻ってきたよ。

「可愛いリリースだな。名前は？」

「ぶりぇいぶ！」

「そうか、良い名前だな。俺の家にもリリースが居るんだ。名前はルイ。それで俺の名前はザインだ。よろしくなボウズ」

頭を撫でられたんだけど力が強くて、頭がガクンガクンしちゃったよ。これから僕達がいく街で、ザインさんは冒険者をしていて、三人家族で男の子がいて、ペットとしてリリースのルイを飼っています。

それでね、今度家に遊びにおいでって。ルイをブレイブと遊ばせてあげたいんだって。きっとブレイブも仲間に会えるから嬉しいよね。でもお父さん、遊びに行って良いって言ってくれるかな。

僕が返事に困っていたら、いつの間にかお父さんが後ろに立っていました。

「何をやってるんだ、ザイン」

「ああ、今度家に遊びに来てくれって言ってたんだ。ルイにブレイブ会わせてやりたくてな」

「そうか、お前の家にはルイが居たな。よしハルト、今度落ち着いたら、ザインの家に遊びに行こう」

「何でお前が返事するんだ？」

「ふふふっ。ハルトは俺の息子になったんだ。良いだろう！　こんなに可愛い息子だぞ」

「はあ？　いつの間にそんな事になったんだ⁉　保護するだけじゃなかったのか？」

お父さんが僕の事を抱き上げて頭を撫でます。その後二人も、お互いの息子自慢が始まって。僕の方が可愛いとか、それから歳のわりにしっかりしているとか。

ようやく自慢大会が終わったのは、夕ご飯が出来た時でした。それぞれの場所に戻ってご飯です。僕もお父さんのテントに戻ったよ。それからお父さんに紹介してもらった、この前のメンバーが集まって来て。

机の上にはお肉料理とスープ、それから木の実のジュースが置かれていました。それとライネルさんが僕には特別にって、パンをくれたんだ。木の実が入った甘いパンなんだって。

ご飯を食べて、お腹いっぱいで食べられなかったら、明日のおやつにどうぞって。ありがとうアランさん！

それからね、やっぱり僕には机と椅子が大きくて、今僕はお父さんの膝の上です。迷惑かけたくないけどしょうがないよね。こうしないとご飯が食べづらいんだもん。僕がご飯食べているとき、何回かお父さんのこと見たんだけど、ずっとニコニコでした……。

ご飯を食べ終わって、みんなはこれから明日のお話があるみたいだから、僕達は別のテントで先に寝ることに。僕が寝るまで、お父さんが付いていてくれるって。僕にタオルみたいなのかけてくれて、周りにオニキス達が座りました。

「おとうしゃん、おはにゃち、だじょぶ？」

「ん？　ああ、大丈夫だぞ。まだ少し時間があるからな」

僕はちょっと気になった事を聞いてみました。街の事です。これから行く街ってどんな所なのか、もう少し詳しく聞いてみたかったんだ。

教えてもらった街の事。まず街の名前はシーライト。けっこう大きい街みたいで、周りの街の中で、一番大きな冒険者ギルドと商業ギルドがあって、住んでいる人も多いんだって。冒険者ギルドに商業ギルド、何かカッコいい響き。連れて行ってくれないかな？

それから街には、学校があります。小さい子が勉強する学校、一般常識から高度なことを勉強する学校。それから冒険者の勉強をする学校に、貴族とか上に立つ人達を育てる学校、色々な学校があるみたい。

冒険者と貴族の学校は、勉強したい物を自由に選べます。選択授業っていうやつかな？　小さい子の学校は八歳から通えるみたい。僕はまだまだだね。

それから貴族を育てる学校には、貴族の人しか通えないけれど、他の学校は貴族の人平民の人、関係なく通うことができます。みんな貴族と平民関係なく、仲良く学校生活を送っているみたいだよ。まぁ、一部には平民を嫌う貴族もいるみたいだけど。

貴族の人も、一般常識を勉強する学校に行くのかな？　と思っていたら。貴族の方はマナーとか、社交界とか、ダンスパーティーとか、本当に貴族の人が習わないといけないことを習うんだって。だから魔法とか剣とか、他のことを勉強したい時は、別の学校に行くんだ。まぁ、貴族にも色々あるんだって、お父さんは言っていたよ。

それから衝撃の事実が。何と冒険者ギルド、八歳からじゃないと入れないんだって。う～ん、残念！

色々教えてくれるお父さん。でも、僕にはまだ分かんないだろうって笑っていました。それでも僕が分かりやすいように、簡単な言葉にして説明してくれるお父さん。お父さんありがとうね。

お父さんの話を聞きながら、これから行くシーライトの事、楽しみだなあって思っていたら、いつの間にか寝ちゃっていました。

「寝たか、俺は戻るから、ハルトを頼むぞ」

『当たり前だろう』

「ふっ、そうだな。じゃあ行ってくる」

「ふへへへ……」

「寝言か？　どんな夢を見ているんだか。でも楽しそうで何よりだ」

誰かが僕の頭を撫でている？　誰だろう？　でも何か懐かしい感じがするよ。そうだ。小さい頃お父さんとお母さんが、よく僕の頭を撫でてくれて、それに似ているんだ。僕の大好きななでなで。嬉しいなぁ。

朝起きると、みんなの用意は、ほとんど終わっていて、後は僕が寝ていたテントと、みんなで食べる朝ご飯を片付ければ、すぐに出発できる状態でした。

眠い目を擦りながら、なんとか朝ご飯を食べます。のそのそ食べながら、みんなのことを観察です。

朝からみんな元気いっぱい、冒険者も騎士もそれぞれが朝の運動をしたり、自分の武器のお手入れをしたり、みんないつから起きていたの？　そう思うくらい元気なの。僕は朝、ゆっくり寝ていたい。オニキスのもふもふに包まれながら、好きなだけ寝るの。

「ほらハルト、頑張って食べろ。もうすぐ出発だぞ」

お父さんにそう言われたけど、無理なものは無理。ご飯を口に入れたまま、また目が閉じて来ちゃった。

「あんまり早く起きすぎたか？」

『いや、ハルトはいつも朝こんな感じだ』

「そうなのか？　まあ、仕方ないか。ご飯はこの辺で終わりにしよう。俺が抱っこして馬に乗るが良いか？」

『ああ。起きたら今度は俺だ』

僕の知らないところで、どんどん話が進んでいきます。そして結局、朝ごはんを全部食べられないまま、僕はお父さんに抱っこされて馬に、フウとライは僕のお腹の前、ブレイブはオニキスの上に乗っかりました。

ゆらゆら揺れながら、次に目を覚ましたのは、ほんのちょっと経ってから。お父さんに起こされました。

「ハルト起きろ。森から出たぞ。ここからはこの道をひたすらまっすぐだ」

目をこすり、周りを見ます。今まであった木がなくなって、草原かな？　そんな感じの大地がどこまでも広がっていました。そして僕が今いるのは、舗装はされてないけど、平らにされた、幅の広い土の道の上です。そして……。

「ふわわ！　ひちょ、ちゃくしゃん！」

たくさんの人や魔獣？　が道を歩いていました。馬に乗っている人や、馬車に乗っている人、サイみたいな魔獣に乗って移動している人。他にもたくさんの荷物を積んだ、荷台を運んでいる魔獣に、小さい魔獣達を連れて歩いている人、本当にたくさんの人達が道を行きかっています。

「ここはこの辺だと一番広い道で、仕事や私用なんかで、その辺の街や村の住人が、皆この道を使うんだ」

その大きな道を、進み始めます。たまに分かれ道になるけど、ちゃんと木の看板の標識があるから、間違えないで歩けるの。

初めて見るこの世界の人々や魔獣に、それから乗り物なんかに、興奮しっぱなしです。あんまり興奮しすぎて身を乗り出し過ぎて、お父さんに落ち着けって何度も言われちゃったよ。だって楽しいんだもん。

「今日はこの後、クルルっていう街に行くんだ。ちょっと小さい街だが、旅の人達が泊まれる宿が、たくさんあるんだぞ」

旅の人達がお休みできるように、そういう街が、所々にあるみたい。でも、道の途中でテントとか張って、野宿する人も多いんだって。お金かかるからね。

話を聞いていた時、ピィーって声がして、空を見たらルティーが気持ち良さそうに、空を飛んでいます。良いなぁ、僕も空を飛んでみたい。そういえば、僕みたいな人間を乗せて、空を飛べる大きな鳥魔獣っているのかな？

「おとうしゃん、ぼくにょれりゅ、おおきにゃ、とりしゃんいりゅ？」

「ああ勿論いるぞ。でも契約するのが難しくて、上級の冒険者か、小さい頃から飼われている魔獣がほとんどだな。何だ？　乗ってみたいのか？」

「おしょりゃ、ちょんでみちゃい」

「そうか、じゃあ今度、あいつに頼んでみるか。きっと乗せてくれるぞ」

「あいちゅ？」

「ああ、俺の弟だ」

へえ、弟がいるんだね。僕乗せてもらえるかな。楽しみに待ってよう。あっ！　でも。小さい僕でも乗れるのかな？　ただでさえたまにオニキスから落ちるのに、空から落ちたら怪我だけじゃすまないよ。

そんな事考えながら、どんどん進んでいきます。同じ景色が続くけど、それでも僕にとっては初めての景色、全然飽きません。道を行き交う人達を見ているのも楽しいし。

お昼のご飯は今日はありません。道具とか用意していると時間がかかって、今日泊まる街に着くのが遅れちゃうから。

僕はライネルさんに貰ったあの甘いパンを、馬の上でお父さんに支えられて食べました。おやつです。

そんな事をしているうちに、いよいよ街に到着。初めての街、そして初めての人が住んでいる場所です。

街の感じは、昔のヨーロッパ？　みたいな感じです。それから車とか機械とか、そういうのがいっさいありません。そのかわりみんな魔法使っています。

うん。オニキスや自分の事を考えれば、魔法がある世界なの分かっていたけど、他の人達が使っているのを見ると、改めて違う世界なんだなあって思ったよ。

魔法を使うには特別な石が必要みたいです。それで使いたい魔法によって、使う石も変わるみたいだよ。例えば水なら青い石、火なら赤い石っていう感じ。

それから威力は、その人の魔力の多さによって違ってくるんだって。強い魔法を使いたいなら、それだけの威力を出せる魔力を使うんだ。普通の生活レベルの魔法を使うには、そんなに魔力はいらないみたい。

面白そうだったから、僕もやってみたいって言ったんだけど、子供は魔力がないから使えないんだって。魔力石が使えるようになるのは八歳から。また八歳。ちぇ～。

あれ？　でも、僕穢れ祓う事できたよね。あれって確か魔力のはず。お父さんにそう言ったら、その話はお屋敷に行ってからだってお父さんが。それから他の人達にその事言わないようにって言われました。どうしてだろう？

今日泊まる宿に着くと、僕とお父さんは同じ部屋に。この宿は魔獣も一緒に泊まれるんだって。良かった、バラバラにならなくて。お父さんが居てくれても、やっぱりオニキス達が一緒じゃなきゃね。

夕飯は宿の食堂で食べました。今日の夕食は、ステーキとスープ、サラダとパンだったよ。あと果物がいっぱい。

ご飯食べ終わって部屋に戻ると、ただ馬に乗っていただけなのに、やっぱり初めての事が多くて疲れたのかな。ベッドに横になった僕は、すぐに眠りにつきました。

第四章
闇取引と新しい家族との出会い

Kagare wo haratta, Mofumofu to Shiawaseseikatsu

今日も朝早くから、シーライトへ向かって移動です。相変わらず朝寝坊の僕は、お父さんと一緒に馬に乗っています。

でも、昨日も最後までお父さんと一緒だったから、今日は途中からオニキスに交代です。オニキスふて腐れちゃったんだよ。ごめんね、オニキス。

何かあんまりにも順調に移動が出来ているみたいで、今日泊まるはずだった街を通り越して、次の日の街まで行くみたい。そうすると、明日移動するのがとっても楽なんだって。

明日の夕方になる前に、シーライトにつくことが出来るらしいです。予定では、明日の夜遅くか、次の日の朝だったみたい。僕が小さいのに、疲れたとか文句言わずに、ついて来てくれているからだって、褒められちゃったよ。えへへへ。

今日泊まる街は、ジスって言う街です。街に入ってすぐ目に付いたのは、クルルにはなかった冒険者ギルドでした。二階建ての建物で、剣の看板が付いていていました。

う〜ん、これぞ異世界って感じ。冒険者ギルドの後ろにある、三階建ての建物は、ギルドの倉庫なんだって。

「ここの冒険者ギルドでは、荷物が多くなりすぎた冒険者が、魔獣とかを預けて、証明書をもらうんだ。向こうには商業ギルドもあるぞ。まあ、臨時のギルドってところか。臨時っていうのは、なんて言ったら良いんだ？」

「臨時というよりも、急に別の仕事をすることになった冒険者達が、大きいものや、量の多い物を持って、次の仕事はできないために。その荷物をこのギルドへ預けるのです」

どういう事かっていうと、この街は小さい街だから、本当だったら冒険者ギルドはないんだって。近くに街がある場合、大きな街の方にギルドを作るの。だからジスには冒険者ギルドはなくて、隣の街とシーライトに冒険者ギルドがあります。

ちなみに冒険者ギルドっていうのは、僕の知っている冒険者ギルドと同じで、偉い人からの個人的な依頼や、一般市民からの依頼、ギルドからの依頼を、冒険者さん達がこなします。

もちろん依頼以外にも、自分達が冒険や、たまたま見つけた物を、ギルドに売りにきても良いんだよ。

それで話は戻るけど、依頼を完了してその依頼を受けた街に戻るまでに、誰かから依頼を受ける事が。そうなったら、先の依頼で持って帰っていた物が、邪魔になるでしょう？

そういう物を預けられるように、冒険者ギルドのない街に、臨時の冒険者ギルドを作って、荷物の預かりだけしているんだって。だからここには依頼も、依頼に対するお金の支払いもなし。お金は依頼を受けた冒険者ギルドでだけ、払ってもらえるんだ。

と、いうような事を、ライネルさんが分かりやすく説明してくれました。そしてお父さんは。

「その通りだ！」

って。

「……ありがちょごじゃましゅ」

ライネルさん、説明よく分かりました。ライネルさんきっと、地球で良い先生になれるんじゃないかな？

今はちょうど夕方。いろんな所から、ご飯を作る良い匂いがしてきます。今日泊まる宿に着いたら、すぐに部屋へ。

お父さんは別の部屋で、ライネルさん達とお話があるから、ご飯の時間になるまで遊んでいてくれって。画用紙みたいな紙と、ペンを置いていってくれました。シーライトに着いたら、ちゃんとしたお絵かきセットあげるからなって。

お父さんが部屋から出て行って、残された僕達。お絵かき……。まさかのお絵かき。でもそうか。僕ぐらいの小さい子だったら、お絵かきが普通か。せっかく用意してくれたんだから、ちゃんと遊ばないとね。

少しオニキス達とわちゃわちゃした後、僕はお絵かきです。さて何を描こう。そういえば僕、美術の成績最悪だったような……。

うん。気のせい気のせい。う〜ん。やっぱりここはオニキス達を描くべきだよね。最初はオニキス、次にフウとライ。次にブレイブ描いてあげよう。

オニキスにじっとしてもらって、まずは顔から次に体、手に足に、最後にしっぽ。……まあ、これでいいか。

「オニキスできちゃ。ど?」

『しっぽが良いな。俺のしっぽのフサフサ感がでている』

合格を貰いました。次はフウとライ。あれ、ちょっと羽が大きくなっちゃったかな? でも他は良いはず。

「ど?」

『うん、バッチリ!』

『羽が大きいのが気に入った!』

失敗だと思った羽が喜ばれました。二人にも合格をもらったよ。

最後はブレイブ。うーん、ブレイブが一番難しいかな。でも頑張らなくちゃ。ブレイブはやっぱりオニキスと一緒で、あのもふもふのしっぽが特徴。うん、これで良いかな。

「ぶりぇいぶ、ど?」

ブレイブがしっぽをふりふり、それから僕の肩に乗ってきて、ほっぺをすりすりしてくれて、通訳してもらったら合格だって。よし! みんなから合格を貰いました。

そんなみんなの絵を描き終わった時、お父さんがご飯だって呼びに来てくれて、僕はお父さんに駆け寄ります。

「おとうしゃん、みんなかいちゃ!」

何か合格もらって嬉しくなっちゃって、その勢いのままお父さんに見せちゃったよ。

「おお、上手いじゃないか。ちゃんとみんなの特徴が描けてるし、ハルトは絵の才能があるな」

「えへへへへ」

褒められちゃった。まさか絵で褒められるなんて。

そのあとは昨日みたいに食堂で、みんなでご飯食べて、部屋に戻って、みんなと一緒に眠って。

どのくらい時間が経ったのか、僕はふと目を覚ましました。

「……ん」

何か声が聞こえたような？　誰こんな夜中に。僕は目を擦りながら周りを見ます。僕の隣でお父さんが寝ています。僕が起きた事に気づいたオニキスが起き上がって、自分の顔を僕の顔にスリスリしてきました。

『どうしたハルト、まだ夜中だぞ。さあ、もう一度寝よう』

「にゃんか、こえ、ちにゃかっちゃ？」

『声？　俺は聞いてないが……』

僕の気のせいかな？　そうだよね、こんな夜中に、僕のこと呼ぶ人なんていないよね。今起きているのは、酒場にいる冒険者さん達くらい？　あとは夜仕事している人とか。よし、もう一度寝よう。僕はもう一度ベッドの中に潜り込みます。でもその時。

『助けて。ぼく、もう痛いの嫌だよ』

そう、声がまた聞こえました。

「まちゃ、こえしちゃ。たしゅけて、いってりゅ」

『何だと？　俺には聞こえないが……。波長があったか？　どの辺から聞こえてくるか分かるか？』

　僕は耳を澄ませます。

『助けて』

　また声が。声が聞こえるのは、確か冒険者ギルドがある方向です。痛いのヤダって言っている。助けてあげなくちゃ！

　オニキスにそう言ったら、僕が一緒じゃないと、声の聞こえないオニキスには、その声の相手を助けることはできないって。どうしよう。勝手に行けないよね。僕はお父さんを起こします。

「おとうしゃん、おとうしゃん。おきちぇ」

「う～ん……」

「とうしゃん」

「ん？　どうしたハルト……。まだ夜中だぞ……」

　なかなか起きてくれません。お父さん起きてよ。もう一度起こそうとした時でした。突然体中を、凄い痛みが襲いました。ギリギリするような、ズキズキするような。それと、頭もとっても痛くなって。

「うわあぁぁぁぁぁぁ!!」

　僕は頭を押さえて、倒れこみました。体も痛かったけど、頭の方がもっと痛かったよ。僕の叫び声に、お父さんが慌てて飛び起きました。

「ハルトどうした!?」

『助けて!!』

声もずっと聞こえています。僕は体が痛いのと、頭が痛いのを伝えようとしたけど、全然言えませんでした。

・・●・・

「うわぁぁぁぁぁぁぁぁ!!」

ハルトの突然の叫び声に、今まで何となくハルトに呼ばれたような気がしたが、そのまま寝ていた俺は、飛び起きた。そして目に飛び込んできたのは、隣で頭を押さえてとても苦しそうにしている、ハルトの姿だった。

「ハルトどうした!?」

抱き上げ、ハルトの様子を見る。

「どうしたんですか!!」

ハルトの声に気づいたんだろう、ライネル達が部屋に入ってきた。アランがハルトの様子を見て、なんとか回復の魔法を使ったが、何も変化はなく、ハルトは苦しんだままだ。それどころか、さらに苦しみ出した。

『風魔法でこの部屋全体を包むか？　少しはそれで遮断が出来るかも知れない。ハルト待ってろ！』

オニキスがそう言うと、部屋の中を風が吹き始める。その風は最初ただただ強い風というようなものだったが、それがだんだんと濃密な、風のカーテンのような物に変化し。最後には我々の周りを包むように、我々は風の球体のようなものに包まれた。

「これは？」

『風を密集させた。結界とまではいかないが、これで少しは外と、隔離できるのではと思ったんだ。ハルトどうだ？』

そうだ、オニキスに気を取られて、ハルトの様子を見るのを忘れていた。他の三人もそうだったらしい。全員でハルトの様子を見る。

ハルトは先ほどまでの苦しみ方がうそだったように、落ち着きを取り戻すと、オニキスの方を向き、オニキスに抱きついた。

「おにきしゅ、ありあと。ちょっといちゃいけど、だじょぶ」

ハルトの様子に、少し胸を撫で下ろした。はあ、ビックリした。ハルトが大丈夫そうなら、話を聞かなくては。この風の結界が消えたら、また苦しむという事だ。

「ハルト、何があった？」

まだ少し具合の悪いハルトには可哀想だが、原因を取り除かなければ。ハルトを抱っこし、頭をゆっくり撫でてやりながら話を聞く。

ハルトの話をまとめると、突然声が聞こえてきて、その声は助けを求めていたらしい。それから痛いとも。俺にはそんな声などまったく聞こえなかったが。

　ライネル達にも確認したが、ライネル達も声を聞いていなかった。それどころかオニキス達もその声を聞いていないと。

『人間が知っているか分からないが、人間と魔獣はごく稀に、波長が合う時があるんだ。本当に稀にだぞ。魔力の性質が同じだと思えば良い』

　性質が同じ？　確かに皆それぞれ、得意な魔力の種類はあるが、それの事を言っているのか？　そんなことを言ったら、合う者などたくさんいるはずだが。

『それが違うのだ。少しずつ皆、性質が違うんだ。例えば得意な魔力は火だったとして、それを使える人間はたくさんいるが、まったく同じというわけではないんだ。俺にはそれが分かる。そして魔力の流れも』

　そんな事初めて聞いたぞ。皆同じだと思っていたが、魔力とはそういうものなのか？

『助けを呼んでいた者は、ハルトと波長があったのだろう。だからハルトにだけ声が聞こえて、しかも近くに居たから、奴の痛みまでハルトは感じとってしまった。この声と痛みからハルトが逃れるには、助けを求めている奴を助けるか、今すぐここから離れるかだ』

　オニキスの言葉に、ハルトが一瞬寂しそうな顔をした。

・・●・・

オニキスの言葉に、僕は思わず、

「だめ！　たしゅけてあげちぇ!!」

そう言いました。だって助けてって、痛いの嫌だよって言っていたんだよ。とっても苦しそうな声だった。僕、知らん顔なんか出来ないよ。僕はお父さんにお願いします。

「おとうしゃん、たしゅけてあげちぇ！」

「それは……、助けてやりたいが、どこに居るのか分からないんじゃ……」

お父さん達もみんなも、困った顔しています。確かに場所は分からないけど、声がしていた方向なら分かるよ。それにね。

『助けて……』

オニキスの結界のおかげで、痛いのは少し楽になったけど、声も小さくなっちゃって。でもまだ小さくは聞こえている。まだ、冒険者ギルドの方から声が聞こえているよ。僕なら近くに行けば、もっとしっかり案内できるはず。

でも僕の話を聞いて、お父さんは考え込んじゃいました。どうしたんだろう？　早く助けに行かないと。もしかして、助けに行かない？

本当は助けに行きたいけど、ダメって言われたら……。僕達だけでも、なんとか助けに行こう！と、思っていた僕だったけど。聞こえてきたのは意外な話でした。

「……冒険者ギルド？　まさか闇取引か？」

「こんな夜中に、こんな臨時の小さなギルドが、運営しているとは思えません。もし冒険者ギルドで人が動いているとなれば、もしかしたら」

「闇で取引されるほどの魔獣がいて、その魔獣に奴隷の首輪を使用して、痛みで従わせようとしているってことか。それでハルトは痛みを感じた」

「ここのギルドは、良くない噂も聞きます。もしかすると、可能性は高いかと」

え？　何々？　闇取引？　奴隷の首輪？　なんか急に、物騒な話になったんだけど。

いや、聞こえている声から、良いことではないのは分かっているんだけど、そんなに厄介な話なの？　僕、ただ助けられれば良いと思ったんだけど……。どうしよう、僕にできる？

お父さんが次々に指示を出し始めました。他の宿に泊まっている、騎士や冒険者にも声をかけるみたい。騎士の人達にも冒険者の人達にも、情報収集が専門の人がいて、まず、その人達に様子を見てきてもらって、これからのこと決めるって。

「オニキス、ハルトだけで良い、風の結界を張ったまま、俺達を外に出せるか？　様子を確認してから動くが……。本当ならハルトに現場には行ってほしくないが、今回はハルトに手伝ってもらう可能性が高い」

『ああ、できるぞ』

「よし、じゃあこれからのことが決まるまで、ここでハルトを守っててくれ。俺が戻ってくるまで動くなよ」

『分かった』

お父さん達、助けてくれるみたいで良かった。僕はお父さんに抱きつきました。

「ハルト、誰が助けを呼んでるか分からないが、様子を見てくる。ハルトはここで待っていてくれ。もし本当に辛い思いをしている魔獣がいれば、絶対助けてやる。それを調べに行ってくるからな」

「ぼく、まっちぇりゅ！」

お父さんは笑った後、すぐに部屋の外に。それからオニキスが、僕にだけ風の結界を張って。最初は風の結界で外が見えなかったんだけど、オニキスが上手に風の結界を張り直して、今は外が見えるようになったよ。うんとね、薄い膜の中にいる感じ。

僕はいつでもお手伝いするよ。声の場所が分からないなら、すぐに案内するし。痛かったり、苦しかったりするかもしれないけど、苦しんでいる魔獣がいるんだもん。放っておけないよ。必ず助けてあげるからね。待っていてね！　僕は窓の外を見ながら、そう力強く思いました。

お父さん達が出て行って、どのくらい経ったか分からないけど、けっこう時間がかかっている気がする。気がするだけかもしれないけど。ここには時計なんてないし、待っているだけって、時間が長く感じちゃうよね。でも約束だから、僕は大人しく部屋で待っていました。その間も声は聞こえていたよ。

それからまた少し経って、オニキスがピクって動いて、頭を上げました。

「どちたの？」

『戻って来た』

オニキスがそう言うと、立ち上がります。それと同時にドアが開いて、お父さんとライネルさんが部屋に入ってきました。ガントさんとアランさんが居ません。オニキスが風の結界を広げて、お父さん達を中に入れました。

「おとうしゃん、まじゅう、いちゃ？」

「ああ、多分居ると思うんだが。ハルトに頼みがあるんだ。一緒に来て、どの箱から声が聞こえるか教えて欲しいんだ」

どの箱？　よく分からないけど、そんな事でいいの？　勿論だよ。オニキスが状況確認します。

お父さん達が冒険者ギルドに行ったら、やっぱりギルドは閉まっていて、灯りもついていませんでした。でも、情報収集の人達が色々と、冒険者ギルドの中や、後ろの倉庫にしている建物、それから周辺を調べてくれて。

と、調べている時でした。倉庫の隣にある、別の建物から、一台荷馬車が出てきたんだって。不審に思った情報収集の人達が、何人か荷馬車を追いかけて、お父さん達は、誰も居なくなった建物を調べました。でも結局何も見つけられないで。

　仕方なく冒険者ギルドに戻ったお父さん達。情報収集の人達が戻ってくるまで、ギルドを管理している、責任者の部屋を調べて待っていました。臨時とはいえ、管理している責任者はいるからね。すると、見た目は普通の机なんだけど、よく調べるとその机は普通の机じゃありませんでした。封印の魔法がかかっていたの。

　普通なら封印した人しか解けない種類の封印だったんだけど、封印した人よりも魔力が強い人ならば、封印を解くことが出来るらしくて。だから騎士の中で一番魔力の強いライネルさんが封印を解いてみることに。

そして見事封印を解くことに成功。一番下の大きな引き出しを引いてみました。でも封印がしてあったわりには、普通の引き出しで。でもよく調べてみると、隠し引き出しになっていることに気がつきました。

こうね、引き出しの底を外すと、別の空間が出てきたんだって。そしてその空間には、奴隷の首輪がたくさん入っていました。

と、奴隷の首輪が見つかるのとほぼ同時に、荷馬車を追いかけていた、情報収集の人の一人が戻ってきて、荷馬車が街から出て、ちょっと行った所にある林の中に入って止まったと報告してきました。

そこには全部で十五人の人が居て、その中にはギルドの責任者と、その責任者が不在の時に、ギルドを任されている人物の二人もいました。

「確実とまではいかないが、ほぼ闇取引で間違いないだろう。俺は領主権限で、奴らを摘発するつもりだが、確実な証拠を得るために、ハルトに手伝って欲しいのだが、良いだろうか？　もしかしたら奴ら、荷馬車以外に魔獣を隠している可能性も」

お父さんは僕が小さいから、難しい話は無理だと思って、オニキスに話しているけど、本当は話が分かっている僕。すぐにでもそこに行って、魔獣を助けてあげようと思ったよ。

オニキスの方を見ます。オニキスが僕の事見て、それから僕とお父さんに言いました。

『分かった、俺達をそこへ連れて行け。でもハルト、一つだけ約束しろ。結界は張ったまま行くが、もしあまりにも具合が悪くなるようだったら引き返すからな。俺はハルトの方が大事だからな。その約束が出来ないなら、連れて行かない。分かったか？』

オニキスをじっと見た後、フウとライとブレイブを見ます。みんなも同じこと思っているみたい。みんなが僕の事、とっても心配しているのが伝わってきます。ちゃんと約束守らなくちゃね。

「やくしょく、だじょぶ！」

『よし！』

話がまとまって、僕達は街の外へ向かいました。僕はオニキスに乗って、フウ達は僕の肩と頭の上。僕達を挟むようにして、お父さんとライネルさんが歩きます。ガントさん達は先に林に行っています。

荷馬車の場所を知っている人と街の入り口で合流、そして林の前まで着くと、もう一度さっき約束した事を、オニキスが確認してきて。僕が返事をすれば、いよいよ林の中へ。

林の中は真っ暗です。良くみんな平気で歩けるね。僕、かなり見づらいんだけど。見えないんだけど。慣れているのかな？

「おとうしゃん」

「どうした、具合悪いか？」

「ううん、ちがう。どちてみにゃ、くりゃいのに、ありゅけりゅ？」

「ああ。その事か。今日は月も出てるし、真っ暗に見えても、今日は明るい方なんだぞ。まあ、灯りをつけた方が勿論良いが、悪い奴らに見つかったらいけないからな。まあ、慣れてるって事だ」

やっぱりそうなんだ。僕も慣れたら見えるようになるかな？

『ハルトは別に慣れなくてもいい。俺達がちゃんと見えてるからな』

オニキスの言葉にフウ達が頷きます。……だよね。考えたらみんな夜、簡単に移動していた気がするし。でも、なんか仲間外れみたいでやだな……。よし、僕も慣れて、少しは動けるようになろう！

僕が目標を決めているうちに、かなり現場に近づいたみたいで、ここからは見つからないように、さらに慎重に、話をしないで進みます。

そして進み始めてから少しして、お父さん達が止まりました。今のところ、頭もそんなに痛くなってないし、何とか大丈夫そう。お父さん達はそっと、結界から出て行きました。

僕達は呼ばれたら、お父さんの所に行く予定です。お父さん達の向かった方から、あの声が聞こえてきます。

『助けて……、痛いよ……』

うん、やっぱりここに魔獣が居るみたい。もう少しの辛抱だからね。頑張って!!

そして少したって、お父さんが僕達のことを呼びにきました。

・・●・・

ハルトを少し離れた場所に残し、俺はガント達と合流する。向こうの様子を窺いながらタイミングを計り、そして。

「動くな!! 俺はキアル! シーライトの領主だ! 今からお前達を領主権限で捕捉する! 魔獣の違法な闇取引、またそれに関する証拠を確認したためだ! 全員大人しくしろ!!」

俺の合図と共に、一気に奴らを取り囲んだ。ギルドの責任者、確か名前はヤクだったか、ヤクは最初驚いた顔をしていたが、すぐに笑い顔を浮かべ、我々に向かって来た。

取引相手と思われる、飾りをごちゃごちゃ付けた服を着ている太った男、多分どこかの貴族だったような? その男は逃げようとして、すぐに騎士達に取り押さえられていた。

ヤクは元冒険者だけあって、少し手こずることになった。そしてヤクの部下と、他の数人の冒険者も、少し時間がかかってしまったが、しかし。

「全員取り押さえました、完了です！」

我々は、闇取引に加担したであろう全員を、捕まえることに成功した。そして捕らえられたヤク達は全員、拘束用の特別な縄で縛りあげられていく。

はあ、取り敢えず、ここまでは成功だ。しかし、まだ大事な仕事が残っている。奴隷の首輪が使われていれば、その問題は、とても大きい問題だ。ちゃんと対処しなければ。

俺は冒険者と部下達にヤク達を任せ、ライネル達と馬車の方へ。そして中を確かめれば、そこにはかなりの数の箱が積まれていた。これ全てに魔獣が入っているのか? ざっとみただけでも数十積んであるが。

ここはまず、ハルトに確認してもらった方が良いのではないか? ハルトはどこまで近づけるだろうか。

僕の所に戻って来たお父さん。悪い人達、全員捕まえられたって。良かったぁ。

「オニキス、このまま結界張ったまま、荷馬車の所まで来てくれ。どの荷物に魔獣が入ってるか知りたい。勿論全部調べるが、先に早く、ハルトと波長の合っている魔獣を見つけて、ハルトの具合の悪くなる原因を除いてしまいたい」

『分かった。ハルト、苦しくなったらちゃんと言え。良いな』

「うん」

みんなで少しずつ荷馬車に近づきます。荷馬車から少し離れた所に、冒険者さんと騎士さんが立っていて、縄で縛られて座っている人達を囲んでいます。あれが悪い人達かな？　きっとそうだよね。

荷馬車の所にはライネルさんとアランさん以外に、ザインさんや、他の人達が何人か居て、荷物を下ろしていました。少しだけ頭痛いけど、まだ大丈夫。ちゃんと小さい声も聞こえています。

「ハルト、どの箱から声が聞こえてくる？」

「えと、あっち」

僕は右のほうに積まれている箱の方を、指さしました。

「よし、じゃあそっちの箱の方を中心に、まずは確認していこう。今から箱を見せるから、声のする箱指差してくれ」

そう言ってお父さんは、一つずつ箱を確認していきます。声が聞こえない箱は、ライネルさん達に渡して、ライネルさん達が中を確認。中から箱の大きさピッタリの魔獣が出てきました。あれはハムスターみたい、それからあっちはうさぎ。それを見たお父さんが、やっぱりなって言っていました。

僕はどんどん箱を見ていくけど、なかなか声のする箱が出て来ません。どの箱なんだろう。箱が見つかんないうちに、最後の段になっちゃったよ。

最後の段で一番小さい箱を、お父さんが持ち上げました。と、その時、その箱の中から、助けてって声が聞こえ、僕は力強く頷きます。お父さんが箱をそっと開けました。中から出てきた魔獣は……。

「ちろねこ？　あかちゃん？」

『あれは……、ホワイトノーブルタイガーの赤ん坊か！』

え？　タイガー、白ネコの赤ちゃんじゃないの？

『とても珍しい魔獣だ。俺でも成獣には二回しか会ったことがない。その子供なんて、初めて見た。ホワイトノーブルタイガーを神の使いとして、崇めている国があったはずだぞ。なぜ気づかなかったのか。どうにもこの箱がおかしいような気がするな。キアル、この箱も調べた方が良さそうだぞ。もしかすると隠蔽の魔法がかかっているだろう』

「分かった、確認しよう」

わぁ！　なんかカッコいい。神の使いだって。そんなふうに言われている魔獣に会えるなんて。よく見たら、お父さん達もびっくりした顔しているし、やっぱりとっても珍しい魔獣なんだね。でも……。

ホワイトノーブルタイガーの赤ちゃんをよく見てみると、カタカタ震えていました。きっと人間が怖いんだ。それに首には、太い首輪をつけていて、オニキスがあれが奴隷の首輪だって教えてくれました。

首輪をつけられちゃうと、命令に逆らえなくなって、もし逆らえば罰として、電流が流れたり、首輪がしまって首を締めたりするらしいです。あとはわざと首輪に魔力を流して、命令違反してなくても、苦しめたりすることができるみたい。

後は声を出せなくしたり、自分から逃げ出せなくしたり、色々制限をかける事ができるみたいだよ。本当、最悪な首輪だよ。

首輪を外すには、首輪をつけた人が外すか、外すための専用の道具を使うしか、方法はないみたい。

お父さんがホワイトノーブルタイガーの赤ちゃんを、ライネルさんに渡して、縛られて座っている一番奥にいる人の方へ。それでその人に何か話して。そしたらホワイトノーブルタイガーの赤ちゃんから、痛い、助けてって声が聞こえて。

オニキスにそう言ったら、多分今、お父さんが話している人が、首輪をつけた人じゃないかって。お父さんに首輪を外せって言われて、わざとホワイトノーブルタイガーの赤ちゃんを苦しめているんじゃないかって言っています。

それで僕は考えました。もしかしたら、この風魔法に入れば、外すことは出来なくても、あの悪い奴からの魔法を、防ぐことが出来るんじゃない？　って。この風魔法、結界みたいになっているでしょう？　だから。

それですぐにオニキスに聞いてみたんだけど、分かんないって言われちゃいました。でもやってみても良いよね。僕は手を振ってお父さんを呼びます。

「どうした？」

「えと、あかちゃん、けっかいにゃかいれりゅ」

うまく説明できないから、オニキスに説明頼みます。お父さんは説明聞いて、渋い顔しました。

「大丈夫なのか？　それではハルトが結局苦しくなるのでは？　そのための結界だからな」

『ハルトがやると言っているからな。それにダメそうなら、すぐに止めればいい』

「……分かった。でも、ハルト、ダメだと思ったらすぐにやめるんだぞ、良いな」

お父さんがホワイトノーブルタイガーの赤ちゃんをライネルさんから受け取って、近づきます。

オニキスが結界を広げました。お父さんとあかちゃんが中に入ります。

そしたら今まで頭が痛かったのに、全然痛くなくなりました。あかちゃんもそうなのかな。不思議な顔して、それからキョロキョロ周りを見ています。もしかして結界が効いて、ホワイトノーブルタイガーの赤ちゃんの痛みがなくなったから、僕の痛みも消えた？　成功？

「にゃあ～」

ホワイトノーブルタイガーの赤ちゃんが鳴きました。あれ？　言葉喋れるんじゃないの？　さっきまで聞こえていたのに。

「こんちゃ！　ぼく、はりゅちょ！　たしゅけにきちゃ、たしゅけて、いっちゃでしょ？」

あかちゃんはビックリした顔して、それから僕をじっと見てきます。そして。

『たすけるってきこえたの、おなじこえ』

今度は普通に話してきました。オニキスに教えてもらったんだけど、最初ホワイトノーブルタイガーの赤ちゃんは、僕達人間のこと信じられないって言っていたみたい。

そりゃあそうだよね。今までずっと、小さな箱に入れられて、痛めつけられて、きっと僕達には分からないくらい、傷つけられたはずだもん。

だから僕達に分からないように、魔獣だけが分かるようにしていたみたい。それが僕にはにゃあ～って聞こえたの。

今はどうしてちゃんと話してくれたか。なんかね、声が聞こえていたのは僕だけじゃなかったみたい。僕の心の声もホワイトノーブルタイガーに聞こえていたみたいで。まぁ、僕と波長が合っているのなら、ホワイトノーブルタイガーにも、僕の心の声は聞こえるって事で。

それで僕の声をしっかり確認できたから、僕が敵じゃない、助けに来てくれた人って分かってくれて、ちゃんとお話してくれたんだ。

僕はホワイトノーブルタイガーの赤ちゃんに近づきます。それから頭をそっと撫でてあげて。最初ホワイトノーブルタイガーの赤ちゃんは、ビクッとしていたけど、だんだんと体から力が抜けてきました。

『ぼく、ハルトのこえ、ずっときこえてたの。ずっとしんぱいしてくれてたの。ぼく、うれしかったの』

そう言って、僕に飛びついてきました。僕はギュッと抱きしめて、もっと撫でてあげます。ホワイトノーブルタイガーの赤ちゃん泣いていたよ。

「オニキスの結界で何とかなったな。ただ、首輪外すにはアイツに外させるか、領地に戻って、専用の道具で外すしかない。もう少し奴と話してくる」

お父さんが首輪を着けた人の所へ。首輪、絶対外してあげるからね。もう少しだからね。僕はずっとホワイトノーブルタイガーを撫で続けました。

・・●・・

ホワイトノーブルタイガーの子供を結界の中に残し、俺は再びギルド責任者のヤクの元へ。とりあえず結界で守られている今、どうにかヤクを説得して、首輪を外させたいのだが。

ヤクの前に立ち、もう一度首輪を外すように言う。しかし、それで簡単に外すような奴ではない事は分かっていた。案の定、ヤクは笑うだけで、外す素振りさえ見せない。これはやはりシーライトに戻り、専用の器具を使い外すしかないか。

それに少し気になる事がある。今ある箱の中全部に魔獣が入っているか、確認中だが、全部に入っていなかったとしてもかなりの魔獣の数になるだろう。それだけの魔獣全部にヤク一人で奴隷の首輪を着けた？

奴隷の主となる者が、奴隷にする者に首輪を使う時、首輪に自分の魔力を流してから首輪を着けるのだ。そうする事で相手を好きなように扱えるようになるのだが。

その流す魔力は、かなりの量を必要とするため、どれだけ魔力がある人間でも、一日に何回も奴隷の首輪をつける事はできない。

今回のこれだけの魔獣の数、どう考えてもヤク一人では。長い月日をかければ別だが、闇取引だぞ。見つからないうちに早く売り飛ばすはずで、手元に長い間留めておくとは思えない。そうなると、やはりおかしい。

「くくくっ、ハハハハハッ！　ずいぶん考え込んでるじゃないか」

「……煩いぞ。外す気がないのなら、黙っていろ」

「良いことを教えてやる。あの赤ん坊の魔獣は、この貴族を殺した後に、奪い返す手筈だった。ちょっと奴らが隠し持っている金が欲しかったんでな。奴が屋敷に居ると金を奪いにくかったから、話を持ちかけてやって、屋敷から遠ざけてやったんだ」

ヤクの言葉に領主は『ひっ』と、声をあげた後、すぐに屋敷に連れて行けと騒ぎ出した。煩いのがもう一人増えてしまった。奴には後で、金の事を聞いてみよう。だが今は……。

俺はガントに目で合図すると、ガントが頷き領主の所へ行き、やつを気絶させた。

「それで、それを俺に教えて何になるんだ」

「いやなに、お前達もこれから、大変な事になっていくんだろうな、と思っただけさ」

何を言っている？　大変な事になっていく？　何をしようとしているんだ。こいつが捕まっても平気な顔をしているのに関係があるのか？

俺がヤクを睨みつけていると、箱を調べていたアランが、俺の事を呼んできたためそちらへ。今のところ、確認出来たのは、荷馬車に乗せてあった箱の半分くらいか。

「どうした？」

「今のところ、全部に魔獣が入っているわけではありませんが、これ見てください。奴隷の首輪がこんなに。それから、見つかった魔獣は全て子供です」

「ここからは私が」

アランに代わり、ライネルが一匹の魔獣の子供を連れてきた。リリースの子供だ。首輪は外せている。どうも外せる首輪と外せない首輪があるらしい。

俺は話を聞く前に、オニキスの元へ。オニキスに結界を広げてもらい、その中にリリースを入れる。外せようが外せなかろうが、今は結界の中が一番安全だ。オニキスに面倒を頼み、再びライネル達の元へ。

それでライネル達の話によると、外せた首輪はもともとすでに外れており、ただただ何も効果のない首輪がついていただけだったと。そして外せない首輪をつけているのは、ワイルドボアや、ジャイアントベアー、レッドスネイクなど、将来強くなる魔獣や、希少価値のある魔獣ばかりだった。

「もしかすると、ヤクの他にも力を持っている者が関係しているのでは。今外せている物が、ヤクが着けた物で、希少価値が高い魔獣は、その力を持っている、別の誰かが着けたものだったとしたら。あれだけの希少価値のある魔獣に奴隷の首輪をつけるには、ただ首輪をつける時よりも、更に力が必要になります」

「その強い魔力の持ち主のおかげで、ヤクはあんなに余裕で居られるって訳か？」

「そうかもしれないと。この捕まえた連中の中にその人物が紛れているか、それとも何処かで今、この状況を見ているか。ヤク達を早く牢屋に入れた方が良いでしょう。もしこの中に魔力の強い重要人物がいれば、牢屋に入れれば魔力は使えなくなります。もしその強い者が外にいる場合は、なるべくヤク達に近づけさせないようにしなければ」

「そうだな」

俺が再びヤクの方へ行こうとした時だった。後ろでカチャンという音がして、何かが落ちた音が聞こえた。振り返ると奴隷の首輪が落ちている。誰かが落としたか？

拾い上げ、目の前に居たアランに首輪を渡そうとアランを見る。しかし何故かアランは驚いた顔をして、辺りを見渡していた。ライネルの方を見たが、ライネルも同じだ。

「何故だ、何故首輪が外れた……」

そして今度はヤクの声だ。何だ一体。ヤクの方を見ると、ヤクが一番驚いた顔をしていた。そしてそんなよく分からない状況の中、何故かオニキスが近づいてきた。

「おい、結界はどうしたんだ！」

何をやっている。ハルト達が苦しむじゃないか。だがオニキスが言ったことは、俺にとって、いや俺達にとって、予想外の事だった。

・・●・・

ホワイトノーブルタイガーの赤ちゃんを抱っこして、ずっと撫でたまま、お父さんを待ちます。お父さん達の話し合い、とっても長いんだ。それになかなかホワイトノーブルタイガーの赤ちゃんの首輪外れないし。あの犯人、外してくれない気かも。と言う事は道具を使うことになるのかな？なら早く街に戻ろうよ。

そう思っていたらお父さんが、何匹か魔獣を結界に入れてきました。首輪を着けている子、着けてない子、どっちもだったよ。取り敢えず今のところの、箱から出せた魔獣を連れてきたみたい。

それでオニキスに面倒を見ていてくれって言って、お父さんまたライネルさん達の所に行っちゃいました。

と、今結界の中に入ってきた魔獣の中にリリースが居て、ブレイブとお互いの顔をすりすりしたよ。それからブレイブがオニキスの所に。

『ふん、ふん、それで』

何かお話しています。オニキスはみんなの言葉が分かるからね。

それで分かったこと。首輪を着けたのは、二人の男の人だって。一人はあそこに座っている人。もう一人は、黒ずくめの男で顔は分からなかったみたい。今、首輪が外れているのは、座っている男の人が着けた首輪だって。ちなみに外せない方の首輪を着けた人は、数日前から見ていないみたい。

それでホワイトノーブルタイガーの赤ちゃんの事だけど。ホワイトノーブルタイガーの赤ちゃんは、一昨日あの街に連れてこられました。珍しい魔獣だったけど、外せない方の人が居なかったから、座っている人が首輪をつけたんだって。

色々と分けて首輪を着けていたみたい。強い魔獣、珍しい魔獣は、今いない人が。その他は座っている人がっていうふうに。

そっか、今ここにその犯人がいないって事は、やっぱり道具じゃないと外せないってことだよね。じゃあやっぱり早く街に戻って、道具で外してあげないと。

『あのね、ハルト』

「どちたの？」

『ハルト、まりょくつよい。たぶんはずせる』

「ほんちょ!?」

ホワイトノーブルタイガーがそう言いました。僕が外せるの!?　本当に？　もしかしてあれと同じかな？　ほら隠し机の封印を、ライネルさんが解いた時、相手よりも魔力が強ければ封印が解けるってやつ。

じゃあ今すぐ外そう。と思ったんだけど、オニキスが魔力使うからダメだって。ちょっとだけ、ちょっとだけだよ、もしダメだったらすぐ止めるから。そう言ったんだけど、やっぱりダメだって。

うーん、何とかできない？　オニキスやり方教えてくれなさそうだし。……ちょっとだけ自分でやってみる？　魔力を溜めて、外れろって言えば外れるとかさ。

取り敢えずやってみよう。魔力の溜め方は、何となく覚えている。こう体の中にあったかいもの溜める感じ。……うん、溜まってきた。それで、

「くびわ、はじゅれちゃえ！」

魔力を外に出す感じを思い浮かべて、それからそう言いました。体からあったかいのがなくなったから、ちゃんと外に出せたみたい。後ろでオニキスが溜息ついています。

『ハルト、ただ魔力を外に出して、そう言葉にすれば良いってもんじゃない。それじゃあ首輪は……』

カシャンッ!!

「はじゅれちゃ!!」

結界の中に居た魔獣の首輪が、次々に外れて行きます。

『は!?』

オニキスがとっても驚いた顔しています。結界の中に居た子達は、全員首輪を外す事が出来ました。なんだ、けっこう簡単に外せるんだね。これならオニキス教えてくれれば良かったのに。

僕が思っていたより簡単に、奴隷の首輪は外れました。外れちゃえって言うだけで外れるんだったら、最初からそうしていれば良かったよ。そしたらすぐに外してあげられて、苦しむのが少なくてすんだのに。

『ハルト、何をしたんだ!?』

今まで黙っていたオニキスが、突然僕の顔に自分の顔を近づけてきました。いきなりでちょっとびっくりしちゃったよ、ふぅ。

『全員まとめて外すなど。普通は首輪を着けた本人か、道具がないと外せないと言っていただろう。まぁ、ハルトは誰よりも魔力が強いからな、このホワイトノーブルタイガーの言った通り、外せる可能性もあったが。それにしたって、魔力を溜めて外れろと言っただけで外れるものか！　やるにも色々と順序が……』

あ、やっぱりやり方違っていたんだ。でも外れたし、別にやり方が違っていても良いよね。

「はじゅれたち、もんだいにゃち!!」

そう言ったらオニキスは、凄い溜め息をついていました。良いじゃない、これでもう。この子達苦しまないんだから。

後はまだ外にいる魔獣達だね。もっと近づいたら、その子達の首輪も一気に外せないかな？　それとも僕が外しているのを見て、ここにはいないみたいだけど、どこかで首輪をつけたもう一人の男の人が見ていて。首輪を外させないように、わざと魔獣達を苦しめたりしたら嫌だな。

そういえば、箱に入っている子達もまだいるだろうし。その子達も首輪は箱に入ったままでも外せる？　できるならまとめて一気にやっちゃった方が……。うーん。考える事いっぱい。

僕は周りの様子を窺います。お父さんも他の人達も、みんな自分の仕事に忙しくて、今の僕達を誰も見ていません。あの悪い人達もね。

……今そっと馬車にもっと近づいて、首輪外せないかな？　誰も見てない今なら。

「おにきしゅ、みえちぇにゃくちぇも、くびわ、はじゅしぇる？」

『どう言う事だ？』

「はこにはいっちぇるこ、みえにゃいでちょ？」

『ああ、そういう事か。分からんが……、外せるんじゃないか。一回で結界の中の首輪を全部外せるくらいなんだから、大丈夫だろう』

そっか、じゃあ、やってみようかな。ちょっとイメージしてみよう。まず魔力を溜めるでしょ。それからあのたくさん積んである箱の方と、アランさん達が抱っこしている赤ちゃん魔獣や、その他の大きな魔獣達に向かって魔力を飛ばしながら、首輪外れちゃえって言う。

うん、完璧だね!!　僕がそんな事考えていたら、オニキスが僕の顔を覗き込んできました。

『何を考えてる？』

「えちょ、あにょね」

僕はオニキスに、これからの事を説明しました。これが上手くいけば、みんな自由になれて、自分が住んでいた場所に帰れるかも。説明を聞いたオニキスは、また大きな溜め息です。

『ハルトは言い出したら聞かないからな。それに今倒れておらず、具合も悪くなっていないようだから大丈夫だろう。分かった。ただ、危ないと思ったら、俺は止めるからな。大体キアルに、さっきのようにこちらに連れてきてもらってからでも良いのだから』

「うん!!」

オニキスにOKもらったから、早速行動開始です。悪い人達に僕達の動きがバレないように、一緒にいる魔獣達に静かにしていてねって言ってから、僕は魔力を溜め始めて。溜め終わって、もう一回みんなを確認。うん、誰も僕達の事見ていません。よしよし、今のうち。

そろそろっとみんなで馬車に近づきます。そして。

「くびわ、はじゅれちゃえ!!」

そう言って、魔力を体の外に出しました。うん、さっきと同じ感覚。そして魔力が出て数秒後、アランさんの抱っこしていた赤ちゃん魔獣の首輪が、カチャッと外れて、ぽとんっと下に落ちました。他の抱っこされている赤ちゃん魔獣も、大きな魔獣も、みんなの首輪もだよ。

ここまでは予定通り、あとは箱の中に入っている魔獣達だけど。ビックリしているアランさん達だったけど、アランさんが冒険者の人に指示を出して、何個か箱開けて確認しています。そして。

「箱の中の魔獣の首輪も外れてるぞ!」

よしゃ!　やったね、成功だよ!!　僕は頭の上で拍手、フウとライも僕の周り飛びながら、拍手してくれています。ブレイブもリリースのあかちゃんと一緒に、僕の周り走り回って、オニキスは……。また溜め息をついていました。何?　成功したんだから喜んでよ。

あれ?　喜んでいた僕達だけど、周りが静かな事に気づきました。おかしいと思って、お父さんの方を見ます。そしたら、お父さん達がびっくりした顔して動かないまま、僕の方を見ていました。

悪い人達も全員です。どうしたの?

何かあったのかと思って、周りキョロキョロしちゃったよ。そしたらオニキスが、みんな僕のこと見ているって。え？　僕？　お父さんとライネルさんが近寄って来ました。

「ハルト、何でそこにいるんだ？　オニキス、何をしているんだ？」

「おとうしゃん、くびわ、みにゃはじゅしぇちゃ！　くびわ、はじゅれちゃえって」

「……オニキス、これはハルトがやったのか？」

『どうだろうな。今、ここで話しても良いのか？　まあ、バレてるとは思うが、奴らが居ない方が良いんじゃないか？』

オニキスが悪い人達の方を見ました。お父さんは頭をガシガシ掻《か》いた後、深呼吸してから、指示し始めました。

ガントさんと何人かの騎士と冒険者に、悪い人達を冒険者ギルドに連れて行って、牢屋に閉じ込めておけって。後の人達は、残りの箱の中身を確認して、魔獣達を保護するようにって。僕には。

「ハルト達は、そこから動くなよ。オニキス、これ以上何もさせるな！　いいな！」

そう言って、向こうの方に行っちゃったよ。う～ん、急に忙しくなったね。

「おにきしゅ、きゅうに、いしょがちくにゃっちゃね」

『はあ、そうだな。忙しくなったな。まあハルトは、あんな忙しくしてる所に入って行っても、邪魔になるだけだからな、ここで大人しく待ってろ』

なんかオニキス、溜め息多くない？　まあ良いけどさ。僕は座って、ホワイトノーブルタイガーの赤ちゃんを抱っこしました。それで撫でてあげていたら、他の魔獣達も集まって来て、みんなも撫でて欲しいって、囲まれちゃったよ。順番ね、並んで並んで。

はぁ、本当に良かった。みんなの首輪外せて。僕、役に立てたよね。

箱を全部確認し終わって、魔獣達の奴隷の首輪が、全部ちゃんと外れているかを確認して。それから具合が悪い魔獣がいないかも確認して。その確認が出来たから、みんなで街に戻ることに。悪い人達は僕達より先に、ガントさん達が冒険者ギルドへ連れて行きました。

「よし街へ帰るぞ。ハルトはオニキスに乗って帰るとして、オニキス、魔獣達にどうするか聞いてくれるか？　もしこの森でもともと生活していたのなら、このまま森に帰ってくれと。それと、人間達が本当にすまなかったとも」

『分かった』

「それからもし帰る場所が分からないのなら、俺達が保護しても良いんだが。ヤク達のせいで人間に保護されるのが嫌な魔獣も居るだろうし。そういう魔獣達については後で色々考えるから、取り敢えず俺達についてきてくれと」

『俺の言うことなら聞くだろう』

お父さんの話を聞いた魔獣達は、この森に残る魔獣達ばかりでした。それからこの森から自分で別の森や林、河原とか、自分達で戻るって。この森か、近くから連れてこられた魔獣ばかりだったみたい。僕の周りクルクル走り回ってから、みんな森の奥に帰って行きました。

残った魔獣は、ホワイトノーブルタイガーの赤ちゃんとリリースと、それから数匹の赤ちゃん魔獣達でした。でもリリース達も赤ちゃん魔獣達も、街にはあんまり行きたくないみたい。赤ちゃん達は自分達が住んでいた森が分からないって。

それ聞いたオニキスが、何度か遠吠えしました。そうしたら少しして、残っていた赤ちゃんと同じ種類の魔獣が、何匹か現れました。オニキスが呼んだみたい。それで現れた魔獣達に、この赤ちゃん達の事任せるって。

魔獣達は快く赤ちゃん達を迎え入れてくれて、赤ちゃん達はみんな、その魔獣にくっついて帰って行きました。

「オニキスのおかげで、ほとんどすんでしまったな」

お父さん達は魔獣達が乗らなかった荷馬車に、箱を積み上げていきます。その間僕は、残ったホワイトノーブルタイガーの赤ちゃんとリリースに、森に帰らなくて良いのか聞きました。

『ぼく、ハルトと一緒に行く！　けいやくする！』

『キュイキュイ！』

二人共、僕と一緒に居たいって。オニキス達も賛成してくれています。フウとライは僕達の乗り物にぴったりとか言っていたけど……。ブレイブは仲間が出来て嬉しいって。

オニキスは、本当は僕の家族が増えるのは嫌だけど、ホワイトノーブルタイガーの赤ちゃんの方は、こんなに波長が合う事はそうそうない事だから、家族になっておけって。リリースの方はブレイブが喜んでいるからしょうがないって。

何かみんな、賛成の理由がちょっと……。でも、赤ちゃん可愛いし、家族増えるのは嬉しいよね。と、契約するのは良いけど、リリースは？　ブレイブと同じで、魔力が弱いなら契約できないんじゃ。そう僕がオニキスに言ったら。

よく考えたら、ブレイブ達が、魔力が弱くても、その分僕の魔力が多いから、問題なく契約できるんじゃないかって。僕が首輪を外したのを思い出して、そう思ったみたいだよ。

なんだ、契約する側が、魔力が強ければ、契約できるの？　なら早くブレイブと契約すれば良かったよ。もう、なんでオニキスは今まで気づかなかったの。

よし、契約前に名前考えなくちゃ。ホワイトノーブルタイガーはホワイトだから、スノーなんてどうかな？　リリースは……、この子男の子？　オニキスに聞いたら男の子でした。

う〜ん、どうしよう。ブレイブはカッコいい名前で考えたでしょう。今度もカッコいい名前が良いかな？　アーサーなんて名前はどう？

確か前に本で読んだ事があって、意味は勇敢な、高貴なだったかな。うん、これにしよう。二匹に名前の確認してもらって、二匹とも喜んでくれました。名前決定です！

さぁ、次は契約。オニキス達と契約した時の事を思い出しながら、魔力を溜めます。あったかい物が胸に溜まって、僕は二匹の頭に手を置きました。

「しゅにょー、あーしゃー、ぼくとけいやくちて」

光が僕達を包みました。

「お、おい！　何をやってる!?」

お父さんの声が聞こえたけど、今は何も見えません。でもすぐに光は消えて、無事契約は成功したみたい。お父さんが駆け寄ってきました。ライネルさん達も。

「ハルト！　オニキス！　今の光は何だ!?」

「おとうしゃん、かじょくにゃっちゃ！　みんな、かじょくでしゅ、うれちいねぇ」

「は？　家族？　オニキスどういう事だ!?」

オニキスがお父さんに説明してくれました。そんな中、契約に成功した僕とスノー、アーサー、フウにライは、みんなで頭の上で拍手です。でもオニキスの説明聞いてお父さんはびっくりした後、何かガックリしちゃって。どうしたんだろうね。

契約も成功して、僕はオニキスに乗って、僕の前にはスノーとアーサーが乗っかって、僕の肩にはフウとライ。それから頭の上にブレイブが乗りました。

「森からここまで来ただけなのに、随分と大所帯になったな……。お父さんびっくりだよ、ははははは、はぁ……」

そう言ったお父さんの顔は、とっても疲れた顔していました。お父さん達は悪い人達を捕まえたり、魔獣達の相手をしたり、色々な事をしたから疲れているよね。街に戻っても、きっとまだ仕事が残っているはず。僕の風邪治してくれた冒険者さん、後で見かけたらお父さんの疲れをとる魔法かけてもらおう。

そんな事を思いながら待っていると、全員が並び終わって歩き始めました。さあ、街に帰ろう!!ぞろぞろみんなで進み始めます。

僕は家族が増えて嬉しくて、いつの間にか鼻歌歌っていました。それを聞いたお父さんとザインさんが吹き出して。

「ぷっ、何だその鼻歌。リズムがバラバラじゃないか」

「ハハハッ、それじゃ、歩くタイミングがズレちまうぞ」

え？　そんなにおかしい？　「ふふふん、ふん、ふっふっふっん」こんな感じだけど……。でもこの鼻歌、みんなには人気なんだよ。洞窟にいたとき、みんなにこの鼻歌を歌ってあげて一緒に寝たんだ。

どんどん歩いて、そして街が見えてきました。空はもう明るくなり始めていて、それで街に入る頃にはだいぶ明るくなっていました。う～ん。オニキスに乗って、良い具合にゆらゆら揺れていたら、眠くなっちゃったよ。こっくりこっくり……。ゴロンッ、ドシャ。

「ハルト!?」

お父さんが慌てて僕を抱き上げました。

「いちゃい……」

いてててて、また寝ぼけてオニキスから落ちちゃったよ。元の体なら、これくらい起きていられたし、落ちたりしなかったはずなのに。お子様だからかな、眠気に勝てなくて、たまにオニキスから落ちちゃう。

「ライネル、すまないが先にギルドに行っててくれ。俺はハルトを宿まで送ってくる。宿の人にもハルトの事を頼んでこないといけないしな」

「分かりました。では私達は先に」

ライネルさん達と別れて、僕達は宿に戻りました。部屋に入って汚れた洋服をオニキスに綺麗にしてもらって、お父さんが宿の人に用意してもらった、ホットミルクを飲んで、ベッドに入ります。

「ハルトゆっくり眠りなさい。起きたときに俺は居ないかも知れないが、夜までには戻ってくるから、オニキス達と静かに待っててくれ」

「わかっちゃ、おやしゅみなしゃい」

何か色々あって疲れたけど、家族も増えて、僕はとっても幸せな気持ちのまま、眠りにつきました。

・・●・・

部屋から出て、もう一度宿の人にハルトの事を頼むと、俺キアルは、急いでギルドにむかう。これから取り調べだ。交代で仮眠を取りながらだな。

はぁ、これで少しシーライトに帰るのが遅くなる。あいつらは怒るだろうな。手紙で早くハルトに会いたがっていたから。だが、今回のことは大きな問題だから仕方がない。しかしそれにしても……。

『ああ、分かっている』

「じゃあ、ハルトの事頼むぞ」

急に明るい光にハルトが包まれた時は驚いた。ヤク達のせいでまた何かあったのかと。しかしやらかしたのはハルトのほうだった。まさか勝手に契約しているとは。

まぁ、波長が合うくらいだから、契約した方が良いんだろうが、ホワイトノーブルタイガーだぞ。今まで人前で確認されたのは何回だ？　ましてやその子供だ。そんな魔獣と簡単に契約してしまうなんて。おまけにリリースまで。シーライトに着くまでに、どれだけ契約魔獣が増えるんだ？　挙句、あの首輪のことだ。オニキスによれば、魔力を溜めて、外れちゃえと言っただけだとか。そんなことで簡単に奴隷の首輪を外してしまうなんて。

穢れを祓う力といい、魔獣や妖精と簡単に契約してしまう事といい、首輪を簡単に外してしまう魔力といい、どれだけ規格外なんだ。まったくうちのハルトといったら。屋敷に帰ったらどう説明したものか。

色々と考えながらギルドに入り、ヤク達の居る地下の牢屋に向かう。これから尋問だ。なるべく早く終わらせて、ハルトの所へ戻ろう。そう思っていた俺の考えは、思いもしない形で叶う事となった。まさかあんな事が起きるとは。

牢屋に着くと、すでに尋問は始まっていた。この事件に関与したギルド職員や、初級から中級冒険者の尋問は、ザインや俺の部下達に任せておいて平気だろう。

ひときわ煩い牢屋の前を通る。取り引き相手だった貴族が入れられている牢だ。ライネルが貴族の尋問の担当をしている。ぎゃあぎゃあ騒いでいるが、あれもいつまで続くか。奴はライネルの怖さを知らないからな。

この貴族が一体どんな悪事に手を染めていたか。まあ、ライネルなら全て聞き出すだろう。

俺はさらに牢屋を奥に進み、一番奥の牢へ着くと中を覗く。そこではガントがヤクの尋問をしていた。俺の姿を見たヤクは、余裕の表情と、不敵な笑いを浮かべていた。

ヤクからは、今回の首謀者が誰なのか、絶対に聞き出さなければ。が、ヤクのあの余裕。奴の言葉や様子、それからオニキスがホワイトノーブルタイガーの赤ん坊、スノーから聞いた情報から、余程強い魔力を持っている人物が関わっているのは分かっている。が、ヤクがそう簡単に情報を漏らすこともないだろう。どうしたものか……。

それに今の奴からは、自分の置かれている今の状況を、打開する何かがあると言っているようで。

「さっきから話をはぐらかせてばかりだ。ここに来てからずっとな」

「そうだろうな。おい、お前はこれから裁かれて、死刑になるか、一生幽閉されるか、よくて死ぬまで炭鉱で働かされる事になるんだ、そうなればどうなるか、お前なら分かるだろう。どうせ死ぬんだ。知っている事を全て話して、少しは俺の役に立ってから、死んでも良いんじゃないか？　首謀者は誰なんだ」

「ふん、どうせ死ぬなら、何も言わなくても変わらないだろう？　それに、俺はそう簡単に死なないさ。あの方が、俺をここから出してくれるはずだしな」

はあ、やはりダメそうだな。尋問のプロがここに居てくれれば、少しは違うんだろうが。

後は、まぁ、これは、運がよければだが、真実の実があればな。真実の実とは、それを食べた者は聞かれた事に対して、必ず真実しか話せなくなる木の実だ。

だが年に二〜三個見つかるか程度の、本当に珍しい木の実で。そう簡単には手に入らない。しょうがない、ここは粘るしかない。

ガントに誰かと交代で、尋問を続けるように言い、俺はヤクが使っていたギルドの部屋へと移動した。ここで聞き出した情報を整理する為だ。

そして数時間が過ぎ、今のところギルド職員と下っ端冒険者からは、大した情報は得られなかった。まあ、そうだろうな。あいつらは何かあった時の、ヤク達のための捨て駒だろうからな。

バカ貴族の方は……。あれは論外だ。あれはただの欲深で、何一つ、世の中の為にならない、ただの大バカだ。

昼頃、少し仮眠をとろうと、ソファーに腰を下ろしていた時だった。開いていた窓から突然、オニキスが入ってきた。

「お前、ハルトはどうしたんだ！　見ていろと言っただ……」

『ハルトは大丈夫だ！　それよりも闇の気配がする！　近くだぞ！』

その言葉と同じくらいに、今度はバタバタと足音が聞こえたかと思えば、ザインが慌てて部屋に入ってきた。

「おい、すぐに来てくれ！　ヤクの様子がおかしい！」

慌ててヤクのいる牢にオニキスと共に駆けつける。牢の前にガントが立っていて、とても驚いた顔をしたまま俺の方を見てきた。近づき中を覗くとそこには……。

「ぐっ、ががっ……。な、ぜ……」

ヤクの体を、黒いモヤのようなものが締め付けていた。締め付けが強いのか、ヤクの体はあちこちから血が流れていて、口の中からも黒いモヤは出ている。体の中からも外からも、黒いモヤはヤクを殺そうとしていた。

「何だこれは……」

「分からない、突然で。突然奴の着けていた指輪が光ったと思ったら、指輪から黒いモヤが溢れ出して、ヤクを襲ったんだ」

『おい、近づくなよ、近づけば俺達も巻き込まれるぞ』

そうオニキスに言われた。一体何が起こっている？　ヤクは一体何をしたんだ。いや、奴の指輪か？　どんな指輪を着けていた？

そんな何もできない中、黒いモヤの締め付けはさらにキツくなっていき、おそらくヤクはもうそんなにもたないだろう。

「な、ぜだ、なぜ……。これ、は……、しょう、めいだ、と……。ぐっ、ぎゃあああああっ!!」

ヤクの体が締め付けに耐えられず弾け飛び、後ろに下がっていた俺達の所にも、ヤクだった物が飛んできた。

が、それを気にしている場合では無かった。牢屋の影になっていた場所から、黒い塊が出てきたのだ。オニキスが唸り始める。その様子に俺達も剣を抜いた。

そしてその出てきた黒い塊は、どんどん形を変え最後には、黒い深いフードを被った、全身黒尽くめの人の姿に変わった。

「何者だ？」

俺の言葉には何も反応せず、黒服の男はヤクの着けていた指輪を拾い上げる。

「やはり話を聞いていなかったか。時間が守られないなら、死ぬと言っていたはずだったが。挙句あれを奪われたか。だが今は時間がない。まあ、どこに居るかは分かっているからな、後で捕まえにくれば良いだろう。今はあちらへ行かなければ」

我々など見えていないかのように勝手に喋り、挙句、黒服が影に沈み始めた。

「おい！　待て!!」

急いで奴の所へ行こうとしたが、オニキスが止めてきた。

『止めておけ、あれは闇魔法。もう奴の空間には、俺たちは近づけない』

何もできないまま、そうこうしているうちに、黒服が完全に影に消え、後にはヤクの血溜まりだけが残された。牢の中がしんっと静まりかえる。そして。

「キアル様！　……こちらもですか」

アランが走って来て、牢の中を見てこう言った。話を聞くと他の方でも、同じ事が起きたらしい。黒服は現れていないようだが。

ヤクの近くで働いていた者達が、ヤクと同じ状況になったようだ。下っ端の職員や、低ランクの冒険者は誰も死んでいないらしい。様子を見に行くと、言われた通り、同じ状況だった。

一体何が起きたのか。ザインとガントと他の者達に、ここの事を任せ、アランと共に戻る。部屋に入るとハルト達とライネルがいた。

ソファーに座っていたハルトは俺の姿を見ると、足が地面に届いていないため、一生懸命にソファーから飛び降りて、俺に抱きついてきた。何も言わないまま、ぎゅうと抱きついたままだ。抱き上げて抱きしめてやれば、さらに強く抱きついてきた。

「どうしたハルト?」

ライネルの話だと、たまたま休憩のために宿に戻っていたライネルは、ハルトの様子を見にハルト達がいる部屋へ。

するとそのタイミングで、ハルトはトイレに起きていて、オニキスは闇の力を感じ。オニキスはハルト達をライネルに任せると、俺の元へ駆けつけてくれたらしい。

そんな中、フウとライが、隠れながら様子を見にきていて、ゴタゴタが終わったのを確認すると、それをライネルへ伝え、ハルトがそれを聞き、どうしてもここへ来ると。

あまりに心配していて、逆に具合が悪くなるんじゃないかと思ったライネルが、ここへ連れてきたようだ。

「そうだったのか。ほらハルト、俺達は何ともないぞ」

そう言ってやれば、顔を上げ、

「けが、ちてない?」

と、すごく心配した顔をして聞いてきた。かなり心配させてしまったらしい。ライネルがここの事は任せて、ハルトの為に一度一緒に宿に戻れと言ってきたので、ここをライネル達に任せ、宿に戻る事にした。

宿に戻った後も、抱きついたままのハルトを落ち着かせ、もう一度眠ったハルトをベッドに寝かせ、ようやくひと息ついた。

はぁ、少しの時間で、色々な事が起き過ぎだ。一体何が起こっているんだ。

・・●・・

僕がふと目を覚ますと、部屋の中はとっても暗くて、夜だって分かりました。起きた僕に気づいたみんなが集まってきます。ライが少しだけ光ってくれて、部屋の中が少し見えやすくなったよ。オニキスがほっぺにすりすりしてきました。

『ハルト、今は夜中だ。もう一度寝ると良い。キアルもぐっすり眠っている』

隣を見るとお父さんが寝ていました。本当ぐっすりって感じ。僕達が話をしていても、動いていても、お父さんはぜんぜん起きません。ふう、でも良かった。お父さん隣にいてくれて、安心したよ。

オニキスが闇の力が近づいて来るなんて、とっても怖い事言うから、僕お父さんに何かあるんじゃないかって慌てちゃったよ。怪我とかしてなくて良かったぁ。

もう一度お父さんの隣に潜り込んで目を閉じます。あったかい。僕の頭の上辺りにフウとライが寝て、オニキスのところでスノーとブレイブにアーサーが寝ます。僕はすぐにまた寝ちゃいました。

次に起きたのはお昼頃でした。完璧に寝過ぎちゃったよ。でも、お昼に起きてもお父さんは僕の側にいてくれました。僕が起きるのを待っていてくれたみたい。二人で食堂に行って、お昼ご飯食べて、冒険者ギルドに行きました。

本当は小さい子供が入れない冒険者ギルド。でも今はギルドの役割を果たしてないから、大丈夫？　らしいです。まぁ、昨日は捕まった責任者の人の部屋に入ったしね。僕はお父さんに連れられて、またその部屋に。

部屋に入ると、部屋の中は箱でいっぱいでした。今回の闇取引の証拠と、それ以外にも、ここの責任者達は、色々と悪い事をしていたみたい。全部それの証拠が入っているって、ライネルさんがお父さんに、そんなことを話していました。

「それにしても、ずいぶん悪事に手を染めてたんだな。今まで気づかなかったのが不思議なくらいだ」

「上手く隠していたみたいですね。この証拠の品の数々も、全て封印がされていました。しかも丁寧な事に、視察が入った時に分からないように、他の輩が起こした犯罪の証拠の中に、それを紛れ込ませていましたよ」

部屋の中の箱全部が、犯罪の証拠……。僕、埋まりかけているんだけど。どれだけ悪い事をしていたのさ。でも、お父さん達が今回みんな捕まえたから、もうスノー達みたいな可哀想な魔獣はいなくなるよね。少なくともこの街では大丈夫なはず。

お父さん達が明日からの予定を話し始めました。今日はこのままここで仕事をして、明日の朝からシーライトに出発するみたいです。シーライトに向かうのは、僕とお父さんとライネルさん。それからお父さんの部下の騎士の何人かと、冒険者が何人か。ザインさんは帰るみたい。

ガントさん達がこの街に残るのは、ここには捕まえた人達が牢屋に入れられているから、誰もいなくなるのはダメだし、それにまだまだ悪事の証拠が出てくるだろうから、それを見つけたり、整理したりする人が必要でしょ。だから二手に分かれて、お父さん達が街に戻ったらここに応援をよこして、その人達とガントさん達が交代します。悪い人達を乗せる専用の馬車があって、その馬車も持ってこないと、って言っていました。

何だかんだで、シーライトに行くのが、だいぶ遅れちゃったよ。お父さんはその事も心配していました。帰るのが怖いって。何で？　悪い人達を捕まえたんだから、みんな喜ぶと思うんだけど。

夕方までお父さん達が仕事をするのを見て、夕ご飯は、宿に帰ってからみんなで食べました。食堂は今回の事件の話でもちきり。食事をしていた人達が、お父さん達が食堂に入ったら、みんなで拍手してくれました。

第五章

シーライトに到着、そしてお父さんの家族

Kagare wo haratte, Mofumofu to Shiawaseseikatsu

次の日の朝、いよいよシーライトに向かって出発です。僕はオニキスに乗っかって街に向かいます。ガントさん達に手を振って街を出ました。

そして街を出て、順調に進んで、お昼くらいになった頃、反対から多分冒険者の人が、歩いて来ました。剣を持っていたり、オノを持っていたり、たぶん冒険者。その人達がお父さんを見て、手を振って、早足でこっちに向かって来たんだ。

「あれはエイダン達か？　確か先に帰ったはずじゃなかったか？」

「ええ、確かに先に帰りましたけど、どうしたんでしょう」

僕達より、先に帰った冒険者の人達みたい。う～ん、居たかなぁ？　冒険者の人達はお父さんの前で止まると、軽くお辞儀をしました。

「どうしたんだエイダン。先に帰ったはずだろう」

「奥様から書類を預かってきました。多分キアル様は忘れているだろうからと」

エイダンと呼ばれた冒険者の人が、お父さんに厚手の紙を渡してきました。何の書類かな？　書類を確認したお父さんは、それを見た瞬間軽く自分の頭を叩いたよ。

「しまった、完璧に忘れていた。ハルトが家族だという書類を用意していなかった」

「そういえばそうでした。危なくハルト君、教会に入れられるところでしたね」

え？　何？　教会？　僕、お父さんのお屋敷に行けなかったかもしれないの？

「グレンさんが用意してくださったみたいです」

「そうか。帰ったらまた、色々言われそうだな。すまん、持ってきてくれて助かった」

「俺達はこれからまた、依頼に行くんでこれで」

エイダンさん達が僕に手を振りながら、歩いて行きました。

「おとうしゃん、にゃんのかみ？」

「ああ、これはな、ハルトが俺の家族だって証明する紙だ。街に入る時に必要な、とっても大事な物で、これがないと、ハルトと一緒に暮らせなかったかもしれない。いやぁ、良かった良かった」

ちょっと、そんな大事な書類なら忘れないでよ。一緒に暮らせるって楽しみに街に行って、それでやっぱり暮らせないなんて言われても、困っちゃうよ、もう！　お父さんは紙を大事そうに鞄にいれて、僕達はまた歩き始めます。

夕方、目の前に大きな壁が見えてきました。シーライトを守るための壁だって。かなり大きいから、街の中がどうなっているか分からないよ。しかも近づけば近づくほど、さらに大きくなる壁に、またまたビックリ。壁の上には騎士の人達が立っています。それ見て改めてここが地球じゃないんだって思いました。

そして壁の前には行列が。何しているんだろう？

「おとうしゃん、にゃんでにゃらんでりゅ？」

「ああ、あれは街に入るための検査で並んでいるんだ。俺達は別の入り口から入るから、並ばなくてすむぞ。さて、ライネルすまないが頼めるか」

「はい」

そう言うとライネルさんは、行列の所にある入り口とは離れた入り口から、中に入って行きました。僕達はその場で待機です。すぐにライネルさんは戻って来たよ。そして手には紙袋が。

その中から、青いシンプルな首輪と、わんこの形をした銀色のペンダントみたいな物、それからリリースの形をしたシルバー色のペンダントを出して来ました。あとはとっても小さい可愛いカゴです。

「オニキス達、すみませんが、みんなこれを着けてもらえますか。街の中では契約魔獣であるという印が必要なんです。着ける物は何でも良いのですが、何もないと討伐対象になったり、自分の魔獣だと言い張って奪おうとする、バカな輩が出て来るので」

ああ、自分のペットですみたいな感じかな。オニキス達は家族だけどね。みんなにそれぞれ印をつけてもらいました。着ける事にみんな問題はないって。フウとライは小さすぎて印を着けられないから、二人がゆっくり座れるように、専用のカゴを買ってきてくれたみたい。

「あとなハルト、後でフウとライについて話があるからな」

何だろう？　首を傾ける僕を、お父さんが抱っこして自分の馬に乗せました。ここからは街に入るからお父さんと一緒にだって。入り口で確認もあるみたい。

入り口に近づいて、いよいよシーライトに入ります。入り口に近づくと、一人の騎士がスッと近づいて来ました。

「話は伺っております。書類を」

「ああ、これだ」

お父さんがさっきエイダンさんに貰った書類を、騎士の人に渡しました。騎士はその書類を確認して、すぐにお父さんに戻してきました。

「確認出来ました、どうぞお入り下さい。ハルト君だね、ようこそシーライトへ」

騎士の人が手を振ってくれたから、僕も振り返していよいよ街へ。ワクワク、ドキドキ、門を潜ります。

街に入って最初に見た物は、お店が並んだ広い通りでした。本当に広いんだ。そして人の多さにもビックリ。もちろん人だけでなくて、他の人達が契約している魔獣もたくさん。大きい魔獣も多いから、こんなに広い通りになっているのかな？

通りには屋台みたいなお店も並んでいて。食べ物を売っているお店に、雑貨を売っているお店、干してパリパリになった魔獣を売っているお店でしょう、こっちも色々なお店が並んでいたよ。

「ここは街で、一番広い道だぞ。街の中にあるお店のほとんどが、この通りに並んでいるんだ。もちろん別の場所にもお店はあるが、ほぼここで買い物を済ませる事ができる」

へぇ、そうなんだ。まあ、お店が集まっていた方が買い物は楽だよね。

お店のうしろにある建物は、街の人達が暮らしている家だって。木で出来たアパートみたいな感じで、大体三階建か四階建です。それでね、凄いもの見ちゃった。

家の窓からおばさんが顔を出して、下のお店の人に何か言ったんだ。そしたらお店の人が、お店に干してあった魔獣を下から投げて、おばさんに渡していました。それからおばさんが上からコインみたいなのを何枚か落として、それをお店の人が拾います。何あれ、あれが買い物？

「おとうしゃん、かいもにょ、ありぇ？」

思わず指さしちゃったよ。

「ああ、店に来るのが面倒な奴は、ああやって買っている者達もいるな。まあ、自分の家の前に、買いたい店がないとダメだが、けっこう多いんだぞ」

今までレジに並んでお金払って、ちゃんと袋に入れて。そんな買い物をしていた僕には、ビックリの光景だよ。でもよく見ると、お父さんの言った通り、あちこちで今みたいな買い物をしている、これが普通なんだ……。

あそこの家の人、スープみたいなの紐で吊り上げているよ。あっ！　あの人、パンを落としちゃった。あ～あ。

街に入ったのが、ちょうど御飯時だったから、街の中はとっても良い匂いです。肉汁が滴る串焼き、美味しそう。あの混ぜご飯みたいのも美味しそうだし。キョロキョロしていたら。ぐうぅぅって、お腹が鳴っちゃったよ。

「ははっ、お腹減ったよな。この匂いだ。街の食べ物は何でも美味しいんだぞ。ただ、食べさせてやりたいんだが、今日は我慢だ。屋敷でみんな待ってるはずだからな。今度、別の日に連れてきてやるからな」

うう、残念。こんなに良い匂いで美味しそうなのに。オニキスなんてヨダレ出しているよ。他のみんなも残念そう。スノーは食べ物に走って行こうとして、ライネルさんに捕まっていました。

みんな我慢だよ。今日はお父さんの他の家族の人に会う、大切な日だからね。今度お父さんと、またここに来ようね。大丈夫きっとすぐ来られるよ。だって今日からここで暮らすんだから。

広い通りを抜けて、お店の数が減ってきました。お店が減ってきたら、今度は一軒家が増えてきて。そこも通り過ぎて一軒家もなくなってきた頃、お屋敷が見えてきました。

お屋敷……。うん。僕が思っていたお屋敷より、ずっと大きかったです。三階建で、横に広い感じ？　外から見ただけだから何とも言えないけど。どれだけ部屋があるんだろう？

門に近づくと、そこにも騎士がいて、お父さんにお帰りなさいませって言って、門を開けてくれました。

「では私達はこれで、明日は朝から伺います」

「別に急がなくて良いぞ。ゆっくり休んで疲れをとれ。明日は休みにする」

「そうですか、ありがとうございます」

ライネルさん達は、自分の家に帰るんだって。そうだよね。みんな自分の家があるのは当たり前。ライネルさん達に手を振って見送ったら、急に周りがしんっとしちゃって。あれだけ多人数だったからね、ちょっと寂しいなぁ。

「なんだ、寂しそうな顔をして。これからは、俺達の家族と一緒だぞ。それに屋敷にはたくさんの使用人やメイドが居るから、結構騒がしいぞ」

そうだ！　これから家族に会うんだから、しっかりしなくちゃ！　まず自己紹介を完璧に。挨拶は大事だよね。

門を通って、どんどん中へ進みます。でもね、門から屋敷の正面玄関までが、また遠かったです。どこまでも続く道。その途中に噴水がありました。魔法を使う時に、石を使うって言うのは聞いていたけど、この噴水の水も、その石を使って、水をあげているんだって。

それから周りの庭も、とっても綺麗です。庭はここだけじゃなくて、お屋敷全体にあるんだって。こんなに広いなんて、僕、迷子になりそう……。不安なんだけど。

やっと屋敷の正面玄関が見えてきて、そこにたくさんの人が並んでいました。たぶん着ている服とか立ち位置から、前に並んでいるのがお父さんの家族で、後ろに並んでいるのが使用人さんやメイドさん達かな。

お父さんが馬を止めて、サッと降りました。それから僕を馬から下ろして、馬は一番端っこに立っていた人が、連れて行ったよ。

お父さんは僕を隣に立たせます。僕の隣にはオニキス達。前に並んでいた男の人が、最初に話しかけて来ました。

「お帰りなさいませ旦那様、少し帰りが遅かったですね」

「ちょっと色々あってな。それは後で話す。今はそれよりも待てない奴らがいるからな」

「そうよグレン、その話は後で。今はキアルの隣に立っている、可愛い男の子のことが先よ。さああなた、紹介して頂戴」

お父さんは僕に、自己紹介しなさいって。よし、最初のミッション！　自己紹介！

「えちょ、はりゅとでしゅ。たぶんにしゃい？　でしゅ。かじょくになりまちた。よろちくおねがいでしゅ！」

そこまで言って、僕は頭をぺこんって下げました。そして頭を上げると、女の人がキラキラした目で、僕のこと見ていて。何？

「か、可愛い！　なんて可愛らしい子なのかしら！　ちゃんと自己紹介も出来て偉いわねぇ。さあ、こんな玄関先で、いつまでも話していてもしょうがないわ。お部屋に行ってから、ゆっくり自己紹介の続きと、お話をしましょう!!」

そう女の人が言うと、女の人が僕のことを抱き上げて、お屋敷の中に入って行きます。名前はまだ分からないけど、たぶんお父さんの奥さん。僕のお母さんになる人。

どんどん進んで行って、入った部屋にはソファーがいくつか置かれていて、それに合わせたテーブルもあります。そしてやっぱり、大きい屋敷の外見に合っている、とっても広い部屋でした。

「ここはみんながくつろぐ部屋なのよ。ゆっくり休むお部屋ね。さあ、ハルトちゃんは私の隣に座りましょうね」

そう言って僕を座らせてから、自分も隣に座ったよ。

「私の名前はパトリシア。貴方のお母さんになるのよ。よろしくね」

やっぱりお母さんで間違いなかったです。お母さんは髪の色が綺麗な金髪で、腰まではないけど、けっこう長い髪です。それから目はブルーでした。とっても綺麗なお母さんです。

お母さんは、僕の前のソファーに座った男の子を見ました。元の僕と同じくらい、中学一、二年生って感じの男の子です。

「初めまして。僕の名前はフレッド。ハルトのお兄ちゃんになるんだ。年は十三歳。僕、兄弟ができてとっても嬉しいよ。これからよろしくね。分からないことがあったら、何でも聞いてね」

お兄ちゃんは、髪は水色で、セミロングくらいかな。にっこり笑った顔が、お父さんそっくりでした。僕も兄弟がいなかったから嬉しいな。一緒に遊んだりできるかな？

「よしハルト、今この屋敷にいる家族は、パトリシアとフレッドだけだ。後の家族、そうだな、ハルトのお爺さんになる人達は、別の所に住んでいるんだ。今度会いに行こうな」

「うん!!」

おじいちゃん達もいるんだ。会うの楽しみ！　僕は知らず知らず、ニコニコしていたみたい。お母さんにまた可愛い!!　って言われて、抱きしめられちゃったよ。それから頭を撫でられて。僕の最初のミッション、自己紹介は成功したみたいです。

そんな事をしていたら、一番最初にお父さんに話しかけてきた男の人が、また話しかけてきました。そう言えば部屋に入ってからこの男の人、ずっとお父さんの隣に立っているけど、誰なんだろう？

男の人が話しかけてきたと同時に、メイドさんがお茶を運んできました。

「ちょうど来ましたね。旦那様、我々も紹介を。ハルト様、私はこのお屋敷、旦那様に仕える筆頭執事のグレンと申します。よろしくお願い致します。それから……」

グレンさんはメイドさんの方を見ると、メイドさんがピシッと立ちます。

「私はビアンカと申します。ハルト様の身の周りのお世話は今後、全て私がやらせて頂きますので、よろしくお願いしますね。ハルト様専用メイドですので、なんなりとご命令を」

物凄く良い笑顔だけど、何か迫力が……。それに僕専用のメイドさんなんて。ちょっと色々考えることはあるけど、でも挨拶はちゃんと返さないと。

「えちょ、はりゅちょでしゅ。よろちくおねがいちましゅ、ぐれんしゃん、びあんかしゃん」

そう言った途端、ビアンカさんが一瞬よろけました。でもすぐにまたピシッと立ってそれから。

「奥様ありがとうございます！　こんなに可愛い坊ちゃまのお世話係に任命して頂いて。ビアンカこれからますます、頑張って働かせて頂きます！　それでは私はこれからまだ仕事がありますので、失礼致します。他のメイド仲間に自慢しなくちゃ、それから……」

独り言を言いながらスキップして、テンション高く部屋を出て行くビアンカさん。どうしよう、何か怖い……。ビアンカさんの迫力に押されて、僕はソファーに深く座り過ぎちゃって、ジタバタしちゃった。

お母さんが助けてくれたけど、その後のお母さんの言葉に、さらに不安が増したよ。

「ビアンカはハルトちゃんのお世話全てやってくれるわ。夜中のトイレにもついて来てくれるから安心してね。勿論、他の誰でも、別に問題はないわよ」

トイレ……。絶対一人で行くよ。オニキス達もいるし大丈夫。絶対呼びに行かない。付いてくる

だけじゃなくて、僕の隣に立ちそうだもん。

そう、この世界のトイレは、殆ど地球と変わりありませんでした。違うところは、最初から水を流して終わったら水を止めるって事ぐらい。水は魔法の石で出しているから、なくなる事はないんだって。

「ハルト、グレンとビアンカにはさんは必要ないぞ。ただのグレンとビアンカだ。二人はハルトのことをハルト様と言うが、それも決まりみたいなものだから気にするな」

慣れないことばっかり。街を治めるお父さんの家の子になった僕。お父さんは偉い人、だからその家族の僕も様付け……、ってことだよね。早く慣れないと。お屋敷にも慣れなくちゃいけないし。慣れなくちゃいけない事たくさんです。

その後、今自己紹介しなくちゃいけない人達はもういないみたいで、ご飯まで少し時間があるってことで、僕は自分の部屋に案内されました。三階の一番奥の部屋が僕の部屋です。

手紙を受け取ったお母さんが、すぐに僕の部屋を用意して、いつ僕がきても良いようにしておいてくれたんだ。ありがとうお母さん。

そして部屋の中に入った僕はビックリ。僕一人には広すぎる部屋だったんだよ。広さでいうと畳二十畳くらい。窓がある方の壁際に、ドンって大きなベッドでしょ。その隣にはオニキス達用のベッドも用意してありました。

机と椅子も用意されていて、いろんな飾りがついている、買ったら高いんじゃない？　って感じのやつです。

それから大きな窓が、端の部屋だから、正面の方と横に付いていて、そして豪華なカーテンが。クローゼットもとっても大きかったです。これ、本当に僕の部屋？

あとは、よく分からない大きな絵に、飾りでしょう。それからふわふわの絨毯に……。

ぼけっと部屋を眺めていたら、ビアンカが大きな箱を五つ、積み上げて部屋に運んできました。すごっ!!　何が入っているか知らないけど、ヨタヨタすることなく、箱もグラグラさせないで、颯爽と部屋へ入ってきたよ。

「奥様、お持ちしました。ハルト様、この中にはハルト様の喜ぶ物が入っているのですよ」

そう言って、どうやって箱を置くのかと思ったら、見えてないはずの机に迷うことなく進んでいって、スッと箱を置きました。それからジャンプして一番上の箱をヒョイと取ったの。その動き全部が凄すぎだよ。

ビアンカが取ってくれた箱を開けます。中からは、たくさんの車みたいなおもちゃや、おままごとの道具？　それから積み木、色々な物が出て来ました。他の箱にも、絵本やおもちゃが、いっぱい入っていたよ。

「ハルトちゃんが家族になるって聞いて、急いで揃えたのよ。半分くらいお兄ちゃんのおふるだけどね。これ全部ハルトちゃんのよ、たくさん遊んでね」

これ、僕のために全部揃えてくれたの。僕のために……。なんかじんっとしちゃった僕。お母さんに抱きつきました。

「ありあと!!」

「いいのよ。だってハルトちゃんは、私達の家族になったのだもの」

おもちゃで遊ぶのは、ちょっと躊躇いもあるけど、でもせっかく用意してもらったんだから、オニキス達と遊ぼう。

色々部屋を見ているうちに、夜のご飯の準備ができたって使用人さんが呼びにきて。おもちゃは僕達が夕飯を食べているうちに、ビアンカが片付けてくれるから、僕達はそのまま食堂へ。

食堂……。食堂もとっても広かったです。でも、うん。だんだんと驚かなくなってきちゃったよ。僕専用の椅子まで用意してあって、テーブルにぴったり座れました。それに食器もご飯の量も全部が僕サイズだったよ。本当に感謝です。

ご飯の後はもう一度休憩室へ。あったかい紅茶みたいな飲み物を飲みました。それでそこでオニキス達の話に。

「旦那様、手紙で聞いていた魔獣の数と、だいぶ違うようなのですが。何があったのですか？」

お父さんは、オニキス達のことも手紙に書いていたみたい。そうか、スノー達と家族になったのは、ついこの間だもんね。二匹も増えて、全部で四匹と二人。随分増えたよね。

お父さんがみんなに、街まで来る間に何があったのかを説明しました。説明している間、オニキス以外のみんなは、あっちへ行ったりそっちへ行ったり、部屋の中を飛び回ったり、走り回っていました。そこで僕はまた驚くもの見ちゃったんだ。

スノーが走り回っていて、テーブルぶつかっちゃって、端の方に置いてあった、お砂糖を取るためのスプーンが落ちそうになったんだ。

そしたら全然違う方見ていたグレンが、その違う方を見ながら、スプーンが落ちる前に受け止めたんだよ。えっ、どうして分かったの？　って。

それからやっぱり、ふらふらしていたブレイブとアーサーが、グレンの後ろに置いてあった花瓶を倒しそうになったんだ。それもサッと後ろ向いて花瓶を元に戻して、何事もなかったように、お父さんの話を聞いていました。

ちょっとおかしくない？　ビアンカは見かけによらず、たくさんの荷物を平気で運んでいるし、前が見えないはずなのに、しっかりと歩いて、しかもかなり高くジャンプして。

グレンは見もせずに、色々対処しちゃうし。僕、お父さんの話どころじゃなかったよ。驚いている間に、何度か呼ばれたみたいで、気づいて慌てて返事したら、心配されちゃいました。

「どうしたハルト、ぼうっとして。疲れたか？　と、もうお前は寝る時間だな。ビアンカの方は、部屋の準備は終わっているだろう」

そうお父さんが言ったちょうどその時、ビアンカが部屋に来ました。僕の部屋の片付けが終わったこと知らせに来たんだ。

僕はお母さんに連れられて、歯磨きとトイレを終わらせて、お父さん達みんなで僕の部屋に。

寝巻きをお母さんがクローゼットから選んでくれて、それを着ました。クローゼットの中には僕の洋服がいっぱい。これも僕が家に来るって聞いて、全部用意してくれたんだって。本当に、本当にありがとう。

ベッドに入ってお父さん達が一人ずつ、僕の頭を撫でながらおやすみなさいをしてくれて、最後にお父さんが魔力石の光を消して、みんなが部屋から出て行きました。

部屋の中は月明かりだけだから、けっこう暗くなったよ。少しして、お屋敷の廊下を歩く人達の足音もあんまり聞こえなくなりました。

「りゃい、あかりおにぇがい」

ライに少しだけ明るくしてもらいました。僕はベッドから抜け出してオニキスの所に。みんなも集まってきたよ。

『どうだ、ハルト。この家で大丈夫か？』

「うん！　たぶん……？　みにゃやしゃちい。ぼくにょこと、ちんぱいちてくれりゅ」

『そうか。じゃあ、ここで暮らしてみるか。嫌になったらすぐに出て行って、あの森に戻ろう』

「うん。でも、ねりゅとき、いちょがいいにぇ。あちたべっどで、いちょにねちぇいいか、きいてみりゅ」

『ボクも！　ハルトと寝たい！』

『オレも!!』

『ぼくぜったいねたい！』

『『キュキュキュ!!』』

明日、起きたらすぐに聞いてみよう。でも今日はこのまま、オニキスに寄りかかって寝たいな。そっちの方が安心するし。みんなにお休み言って、そのまま寝ました。

今日からここが僕達の家。少し話しただけだけど、お母さんもお兄ちゃんも、グレンにビアンカも、みんな優しい人ばかり。どこの子供かも分からない僕に、こんなに良くしてくれるなんて。僕、とっても幸せだよ。

・・●・・

ハルトを部屋まで送り、お休みの挨拶を済ませて、俺と他全員で休憩室に戻った。もう一度リーゴという木の実の温かい飲み物を飲むと、フレッドも明日学校だからと、自分の部屋へと戻って行った。ここからは大人の時間だ。さっき詳しく話せなかったハルト達の話をしなければ。

「それにしても驚いたわね。あんなにたくさん魔獣や妖精を連れて来るなんて。その中の一匹は、あのホワイトノーブルタイガーだし」

「話を信じて、探しに行かれて良かったですね。それに襲われたわけでも、ありませんでしたし」

「最初見たときは、かなり驚いたがな」

ハルトが見つかった時の状況、それから森でどういう生活を送っていたか。また、家族のことを聞いた時、オニキス達が家族だと言ってきた時の事など、色々な事を話した。

ハルトは何故、あの危険な森に居たのか？　本人も分かっていないようだったが、他の同じくらいの子供よりも、話の理解能力が高いことから、本人の元々の才能もあるのだろうが。

もしかしたら我々のような、貴族の屋敷の子供だった可能性も。そしてまだあんな小さいのに、色々と教育を受けていたのではないだろうか。しかし……。

「何かありあの森に捨てられた。もしくは誰かに連れ去られて、連れ去られた先のあの森で何かが起こり、一人あそこに置いていかれたか。色々と可能性があるがどちらにしろ、何かがあった事は間違いないだろう」

「そうね。あんな可愛い子がどうしてこんな事に。あなた、必ずハルトちゃんを幸せにしましょうね。私、可愛がる自信があるわ！」

「俺だってそのつもりだ」

次に話したのは、穢れを祓う力についてだ。これについては、後でハルトに言って聞かせるしかないだろう。もしそれを人前で使えばどうなるか。勿論俺達のような大人だったら問題ないが、ハルトのように、小さい時から穢れを祓う力を使うのは良くない。

ハルトの力について、同行していた者達には、絶対外へ漏らさないように言っておいた。同行したのは俺の顔見知りの冒険者と、部下の騎士達だったのも良かった。

まあ、俺がこの話をした時は、すでに全員がハルトの可愛さにやられていて、当たり前だろうと逆に怒られてしまったが。

そしてこの話は、街に入る時、ハルトと家族になったという書類を、用意した事とも関係してくるのだが。

もしハルトが俺の家族だと証明出来ていなければ、今頃ハルトは、教会へと連れて行かれていた。なぜなら親のいない小さい子供は、必ず最初は、教会へ行く事が決まっているからだ。

教会ではまず全ての子供が、力を持っているか調べられる。力とは、魔力石を使うための魔力のことだ。

もともと魔力は、誰もが成長するにつれ、だいたい八歳頃から、必ず備わるものなのだ。例を挙げれば、もし水魔法が使えると分かれば、最初は自分の手を洗える程度だが、訓練や練習をしていくうちに、段々と魔力は強くなっていき、強い魔法が使えるようになる。

が、八歳ごろから備わるはずのその魔力を、五十人に一人くらいの確率で、もっと小さい頃から、しかもかなりの力を使える者が現れることが。そう、ハルトもそのうちの一人で、穢れを祓えるのも、奴隷の首輪を外してしまった事も、この強い魔力が関係しているだろう。

ハルトのような子供は、成長するに連れて、さらに力を高めて行き、将来的には一般の人間の数倍の魔力を持つ事になる。

今、有名なある冒険者の男がいるのだが、やはり小さい頃から魔力石を使う事ができ、今では誰もが知る最強の冒険者になっている。それか、大体が国に仕えている。

しかしそれは、ちゃんと訓練をして、力の使い方を勉強した場合だ。何も考えず、自分の魔力の上限も知らず、ただただ魔力を使えば、小さい体には負担が大きく、制御できずに、魔力の暴走を引き起こし、最悪の場合、死んでしまう可能性だってあるのだ。

教会は子供達が、そんな事にならないように、魔力を持っていることが分かれば、保護をするのだが。たまに子供を高値で売る輩が現れる。そういう奴らは、子供がどうなろうと関係ない。自分のために力を使わせ、力のせいで子供が死のうが廃人になろうが、そんな事は関係なく、死んだら次を探すだけなのだ。

もちろんこの街で、そういう子供を出さないように、定期的に教会を調べたり、情報を集めて調査したりしているのだが、必ずしもそれが成功しているとは言えない。

ハルトが教会へ行き、わざわざ魔力を持っている事を、そういう奴らに知られるリスクは避けるためにも、パトリシア達が書類を急いで作ってくれて助かった。

「あなた、私達に感謝してよね」

「ああ、助かった。ありがとう」

「それにしても、首輪外れちゃえ、の一言ですか。凄いですね。それに穢れを祓う力も相当なもののようですし」

「ハルトがこの家に落ち着くのを待って、なるべく早く魔力の事を教えなければ。それに外で魔法を使わないようにも、教えなくてはいけない」

それを教えるまでは、取り敢えずこの屋敷の中で遊んでもらおう。庭も自由に遊べるようにして。

「ああ、それと。ハルトは妖精の粉を使わずに妖精と、会話が出来るぞ」

「本当なの!?」

「ああ。最初は粉をかけてもらって話していると思っていたが、いつでもどこでも関係なく話をしていた。俺達は粉をかけてもらったが、ハルトは分かってないだろう。それに契約の事も問題だ。まさか妖精と契約しているとは」

普通、妖精の言葉は人間には分からない。妖精が持っている妖精の粉をかけてもらい、やっと話が出来るのだ。ハルトはそれを知らずに話している。妖精の方も、全くおかしいと思っていない。

俺達にはササッと粉をかけていたのに。

　しかも粉について説明しようと、俺達に粉をかけている時に、見ながら説明した方が良いだろうと、タイミングを計っていたのだが。俺達に粉をかける時に限って、ハルトはいつも何かしていて、ここまで説明しないできてしまった。

　それに契約している事も問題だ。妖精と人間が契約したという話は、ここ何百年もなかったはず。ここシーライトは、他の街と比べて妖精がいっぱい居る。そのため、たまに妖精が人に粉をかけてきて、話をしてくる事がある。だからハルトが街で妖精と話すのは問題ないと思うが、契約しているとバレない方が良いだろう。

　そして契約で問題になる事がもう一つ。これはオニキス達、ハルトと契約した者達全員に言えるのだが。魔力の強い人間と契約すると、契約された者達の力も上がるのだ。それは契約した人間が強ければ強いほど、契約された者達の力も上がるということで。

　もしこのままどんどん力をつけながら、ハルトが成長していったら？　それはオニキス達の力も上がっていくということだ。そう、規格外が集まるハルトの契約者達の力がだ。

　もしハルトの力が外に漏れれば、将来を見越して、ハルトを狙う奴も現れるだろう。

「考える事と、教えなくちゃいけない事が色々あるな」

「そうね。でも、必ず守って、ハルトちゃんにはいつも笑顔で居てもらいましょう」

　と、いうような感じで、取り敢えず今日は話を切り上げ、寝ることにした。明日も規格外のハルト中心の生活になる。だがそれもこれからの生活を考えれば大切な事だし、楽しい生活を送ってもらうためだ。

もう眠ったであろうハルトの様子を見に行く。しかし、ドアを開けベッドの上を見たが、ハルトはおらず、慌てて部屋の中に入ればすぐに、オニキスと一緒に寝るハルトを見つけてホッと息を吐いた。

『静かにしろ、今眠ったところだ』

「また何で、そんな所で」

『部屋とベッドが広すぎたんだろう。今までこうして、皆で丸まって寝ていたからな。寂しくなったんだ。明日ハルトが聞こうとしていたが、明日から俺達も、ハルトと一緒にベッドで寝て良いか？』

「もちろん、それでハルトが安心するなら。だいたいここはハルトの部屋だ。ハルトが何をしたって、怒る者はいないさ」

『そうか』

そう言うと、オニキスも寝始めた。ハルトの寝顔を見て部屋を出る。とても可愛い寝顔だ。そうだ。ああ、本当にこれからの生活が楽しみで仕方ない。

・・●・・

朝、とても元気の良い声に起こされました。

「ハルト様、朝ですよ。皆様食堂でお待ちです。さあさあ、お洋服を着替えましょうね。今日はこの洋服にしましょう」

うう、眠い。僕まだ寝ていたいんだけど。でもここは洞窟じゃないからね。今までみたいにいつまでも寝てられない。

起きてもこっくりこっくりしている僕を、ビアンカがササッと洋服を着替えさせてくれます。それから抱っこしてもらって食堂へ。うん。やっぱり女の人の方が、抱っこの時柔らかくて良い感じ。お父さんは……、安定しているから良いんだ。

食堂へ行って、ドアを開けたところで降ろされちゃったよ。フラフラな僕は、それでも何とか朝の挨拶。

「おはよ、ごじゃいましゅぅぅぅ……」

「相変わらずだな。よし、いつもみたいなご飯の食べ方で良いか。イスから落ちても大変だからな」

今度はお父さんに抱っこされて、お父さんの膝の上に座ります。運ばれてきたご飯を見てビックリ。朝からけっこうな量なの。この前の宿でのご飯は何だったの？　って感じだよ。

あれでも多いと思ったのに、お父さんは朝からステーキ二枚に、他にもお肉料理がいっぱい。お母さんはステーキ一枚だけど、そのかわりたくさんパンが用意してありました。

お兄ちゃんは……、良かったお兄ちゃんは普通だった。パンに大きな目玉焼きと、ハムみたいな物が、お皿に載っていました。

僕はお兄ちゃんと同じ物で、ただお兄ちゃんの半分くらいの量だったよ。それでも今の僕にとっては十分過ぎるほどです。

朝のご飯を見て、今までのことを思い出して、けっこうご飯は、地球と似ている物や、同じ物が多いかもね。街のお店通りでいろいろ探してみたいなぁ。

ご飯を食べた後は、お兄ちゃんのお見送りです。お兄ちゃんは学校に行くんだって。学校に行けるようになるのは八歳からだから、僕はまだまだ。馬に乗って学校に行くお兄ちゃん。従者の人が二人ついて行きます。

「いちぇ、らちゃい!?」

「行ってきます！　帰ってきたら遊ぼうね！」

お兄ちゃんは、僕が見えなくなるまで、振り返りながら手を振ってくれました。だから僕も最後まで手を振って、それから部屋に戻ったよ。

それで少ししたら、休憩室でお父さん達と話をする事に。色々とお話があるんだって。街で注意しなくちゃいけない事とか、魔法についてとか、魔獣や妖精についてとか。まぁ、色々。それはちゃんと聞いておかなくちゃ、みんなで暮らすのに、大切な事だもんね。

僕はお母さんの膝の上で話を聞きます。お母さん、どうしても抱っこが良いって。ここは大人しく言う事を聞くことに。

「さてハルト、まずはハルトの魔法についてだ」

お父さんが話してくれたのは、小さい僕みたいな子供が、魔法を使えるのはおかしいって事でした。

　本当はどの魔法も、八歳になるまでは、みんな魔法が使えないんだって。それなのに魔法を使えた僕。

　僕の魔力はとっても強いらしくて、しかも穢れを祓えるでしょう。だからもしその力を使えることが悪い人達にバレたら、僕はその人達に攫われて、奴隷の首輪をつけられちゃうかもしれないんだって。ダメダメ、そんなのダメだよ。

　だからお父さんは、絶対に人のいる場所では、魔法を使っちゃダメだって言いました。うん、絶対使わない！

　他にも初めて聞くことが。普通の人には妖精の言葉、分かりませんでした。何か特別な妖精の粉っていうのがあって、それを妖精にかけてもらわないと、言葉は分からないんだって。

え？　と思いながらフウとライを見れば、フウもライも、僕と普通に会話していたから、その事を忘れていたって。だってお父さん達には粉かけたんでしょう？　もう、どうしてその時変だって気付かなかったの。

　フウとライは、失敗失敗って笑っていました。それからどうして話が出来るのかな？　って。

「だからなハルト。もし街で二人と話すときは、粉をかけてもらったことにするんだ。いいな？」

「うん!!」

　それからお父さんは僕に、二人の事で聞きたいことがあるって。僕から二人に話しかけるとき、どうやって二人を見分けているのかだって。ん？　どういうこと。何でそんな変な質問するんだろう。二人とも全然違うんだから、いちいち見分ける必要ないでしょう?

「ふちゃり、じぇんじぇんちがう。かおもよふくも、ちがう」

僕は二人の洋服の色とか、顔の特徴とか、髪の毛の色とか、詳しく説明しました。そしたらそれも、人に知られちゃいけない事だったみたい。

普通の人には、妖精は光の塊にしか見えないんだって。人の姿をしているのが分かる人は、今この世界にいないだろうって。昔は見えた人はいたみたいなんだけど、何百年も前の昔の人だって。

僕は少しがっくり。何で僕、そんな規格外の事ばっかりなの。僕普通で良いのに。何でこの世界に来たか分からないけど、普通が一番だよ。あっ、でも、もし普通だったら、オニキス達と出会ってなかったって事だよね。それはヤダな。う〜ん。

「あとそれから」

まだあるの? 今度はどんな規格外なの。

「スノーの事なのだが、スノーはとっても珍しい魔獣で、スノーも悪い人達に見つかったら、絶対に攫われてしまう。この前みたいに捕まるって事だ。だからそのままの姿じゃ、お店通りは歩けないし、他へ出かけるのもやめた方が良い。それくらい珍しい魔獣なんだ」

やっぱりそうなんだ。おかしいと思ったんだ。今までの街でもここに着いた時も、タオルにくるんだり、鞄から顔だけ出していたり。お父さんが誰かに何か聞かれたら、ホワイトウルフの子供って言っていたから。

それにしても外に出せないなんて。スノーの方を見たら、スノーが寂しそうな顔していました。

『ぼく、おそとでハルトと、あそべない？』

スノーが僕に抱っこしてって、僕はぎゅうってスノーを抱きしめます。そしたらお母さんが。

「大丈夫よ。ちゃんと考えてあるから。今からそれの用意をするわね。そうすれば、いつでもお外に行けるわ」

お母さんがビアンカに合図したら、ビアンカが物凄い勢いで部屋を出て行きました。それから、相変わらず箱を何個も積んで、部屋に戻ってきました。

「奥様、朝一番でお店に行ってまいりました。全種類完璧です！」

すっごい笑顔なんだけど。その笑顔の迫力に、僕は何か嫌な予感がしました。

「じゃあビアンカはスノーをお願いね。私はハルトちゃんの準備をするわ」

お母さんは箱を一つ抱えて、僕を連れて部屋の端っこに。スノーはビアンカが。ソファーの上で何かしています。

お母さんが箱の中からあるものを出してきて、そして。

「おっ、なかなか良いじゃないか。可愛い可愛い」

「ね、ピッタリよ。もう、可愛さがさらにアップしちゃって、お母さん逆に心配になっちゃうわ。街で可愛さのあまり目を付けられて、攫われたらどうしましょう」

「奥様、大丈夫ですわ。そんな輩、私がこの世からすぐに消し去ります。ああ、本当に、なんてお可愛いんでしょう」

「でも、長く続かないのが問題よね。なるべく早く、他の薬を用意しないと」

今のスノーの姿は。真っ白じゃなくて、ちょっと茶色いです。特別な薬草を使って作った薬で、色を変えているんだって。これで色については解決。

でもね、ちょっと珍しい薬で、しかも急なことで、今そんなに在庫がないから薬が来るまで、そしてもしも、薬がきれちゃった時用に、別の対策が。

これはスノーの、頭と耳の素晴らしい飾り毛を隠すために、元々は被らせるつもりでいたらしいんだけど。

スノーのこの飾り毛、見る人が見ると、色が違っていても、スノーの正体に気づく人もいるかもって。だから、可愛い洋服を着せちゃえって事で。

この世界には、仕事のパートナーとしての魔獣達、家族としての魔獣達、そしてペットとしても魔獣達がいて。

それぞれみんな、その魔獣にあった防具や洋服を着せる人達が。もし冒険者のパートナーなら、傷つかないように防具を着せてあげたり、家族として同じマントを羽織ったり、ペットとして着飾ったりするんだって。

だからスノーも色を変えている時は、飾り毛を隠すために帽子を、色がバレそうになったら洋服を着せてあげれば良いって。色が落ち着けば、帽子だけでも良くなるから。もし洋服に慣れることができなくても、帽子だけなら何とかかぶってもらえれば。

今スノーは、うさぎの着ぐるみを着ています。そして僕は……、お揃いのうさぎ耳の帽子をかぶっているよ。

最初は僕、抵抗したんだよ。だってこの歳になってのうさぎ耳帽子だよ。でも今の見た目は二歳で、抵抗なんて出来るはずなくて。箱の中には他にも色々と可愛い帽子がいっぱい入っていました。

ブスっとしながらみんなを見ます。お父さんもお母さんも凄い笑顔。グレンは一瞬ニコってした後、すぐに無表情になっちゃったけど。オニキス達もね凄くにっこり。そして。

『ハルトといっしょ、うれしいねぇ』

とっても嬉しそうに、そうスノーが言いました。それ見て聞いて、僕もいつの間にか笑顔に。みんなが喜んでくれるなら良いか。それに……。鏡で自分の姿見て、自分で言うのも何だけど、けっこう似合っている？


「よし来い！」

「たぁっ!!」

お兄ちゃんがお父さんに向かって剣を振ります。お父さんは軽く受け止めてすぐに反撃。お兄ちゃんはすぐにもう一振り！

お屋敷に来てから数日が経ちました。今日はお兄ちゃんの学校がお休みだから、お父さんと剣の訓練をしています。僕はそれを見て大騒ぎ。

今までは色々あって、しかもかなり重大なことばかりだったから、ゆっくりお父さん達の戦い見られなかったからね。今はお父さんのカッコいい剣を振るう姿見て、頭の上で拍手です。フウとライもね。

スノーは、最初は見ていたんだけど、途中で蝶々が飛んできたから、そっちに気がいっちゃって、今は蝶々と鬼ごっこをしています。ブレイブとアーサーは木の上で、木の実をカリカリ食べながら、お兄ちゃんの応援。オニキスは僕が今寄りかかって座っています。

「よし次だ！」

「はっ!!」

頑張っているお兄ちゃんを、僕は一生懸命応援だよ。

「にいしゃ、がんばりぇ!!」

「ハルトが応援してくれてるから、僕がんばるよ!!」

カンッ！　キンッ！　おお、さっきより続いている。頑張れ頑張れ！　だいぶ長く続いた打ち合いは、やっぱり最後はお父さんがお兄ちゃんの剣を飛ばして終了。僕達の所に二人が戻って来ました。

「へへ、せっかくハルトが応援してくれたのに、ダメだったよ」

「にいしゃん、かっこい！　ぼく、にいしゃん、ちゅぎもがんばりぇしゅる！」

「ありがとう！　やっぱりハルトは可愛いなあ」

冒険者になるにしても、騎士になるにしても、剣も魔法も基礎は大事。だから毎日の訓練が必要っていうのが、お父さんの教えです。確かに基本は大事だよね。

それにしても剣カッコいいなぁ。勿論魔法もカッコいいけど、僕は剣の練習してみたい。頼んでみようかな？　でも僕小さいからなぁ。

「おとうしゃん。ぼくもけん、やりちゃいでしゅ」

「おお、そうか！　でもなぁ、まだハルトには早いぞ。剣を持てないだろうからな。試しに持ってみるか？」

お父さんは腰から鞘ごと外して、それを立たせて持っていてくれています。僕は近寄って剣を抱きしめました。じゃないと持てないもん……、剣が大きすぎて。

思ったよりも大きかった剣、そうしなくちゃ絶対持てない。もっと小さい子用の剣ないの？　お兄ちゃんの剣よりも小さいやつ。

「いいか、離すぞ」

お父さんが剣から手を離しました。抱きしめていた僕に、剣の重さが全部かかります。お、おお、おおおおお!?　お、重いいいい!!

剣が重すぎて、僕は後ろに倒れそうに。尻もちついちゃうって思ったら、尻もちつく瞬間にオニキスが支えてくれました。でも。

「ゴチンッ!!」

「いちゃい！　いちゃい……、ふえ……」

涙がボロボロ溢れてきます。小さいからかな、涙腺がゆるい気がするよ。

「だ、大丈夫かハルト!?」

「もう、何をやっているのよ」

いつの間にか来ていたお母さんが、僕を抱っこしてくれます。

「ハルトちゃんにはまだ早いって分かるでしょう。まったく、あなたフレッドの時にも、同じ事をしたじゃない」

「いや、ハルトがあんまり目をキラキラさせていたもんで、ついな」

痛さに泣いている僕にお母さんが、魔法の石で魔法を使って、痛みを治してくれました。お母さんは少しの怪我だったら治す事が出来るんだ。お父さんは剣が凄く得意で、魔法も使えるけど苦手みたい。お母さんは、剣は苦手で魔法が得意。一番得意な魔法は火の魔法だって。

貴族は街に何かあった時、森や林、街の近くで何かあった時。そういう時は街の人々のために、前に立って戦わないといけません。そのためにも、いつも訓練を欠かせないんだって。

「旦那様はもっと凄いですよ」

いつの間にか来ていたグレン。飲み物とタオルを持って来てくれたんだ。お父さんとお兄ちゃんがタオルを受け取って汗を拭きます。

それよりもグレン、今何て言ったの。もっと凄い？　確かにお兄ちゃんとの練習の時よりも、この前のスノー達助けた時の方が凄かったけど、もしかしてもっと凄いのかな。いつの間にか涙が止まっていた僕。グレンの話に飛びつきます。

「グレン、おとうしゃん、しゅごい？」

「ええ、それはもちろん。大会で優勝するくらいですからね」

「まあ、あれは相手も良かったからな。はははは っ！」

お父さん、なんて事ないみたいな言い方しているけど、大会？　優勝？　何それ。それって凄い事なんじゃ!?

「おとうしゃんたいかい、ぼくみちゃい！」

「うーん、見たいって言ってもなぁ。来年まで大会はないんだ。しかしハルトはこう言ってくれているし……。よしグレン！　相手しろ！　お前だって、けっこうな剣の使い手なんだからな」

何々、グレンも凄いの!?

僕とお兄ちゃん、それからお母さんが見守る中、お父さん達が位置に着きます。グレンの剣はお父さんの剣より細くてちょっと短いです。そして……。

カンッ！　キンッ！　カシャン！　シュッ！

うわぁぁぁ!!　凄い、凄いよ!!　もうね、全然違うの。スピードも剣がぶつかる時の音も。

それから凄いのはそれだけじゃありません。剣に魔法を合わせて使うんだ。お父さんの剣には水の魔法が。グレンの剣には風の魔法が。お父さんが剣を振ると水の刃が飛んで、それをグレンの風の刃が断ち切ります。

そんな戦いが続いて最後は、二人が飛び退き、元の位置に戻って終了です。お父さん達が戻ってきました。

「父さんもグレンも凄いね!!」

「グレンの剣も全然鈍ってないみたいで、安心したわ。これなら来年の大会、大丈夫そうね」

「どうだ、ハルト。お父さん達の剣は。ハルト？」

僕は言葉が出なかったよ。だってこんなに凄いのを見せられて、何て言えばいいの？　あまりの事にぼけっとしちゃっていました。

「あ〜あ、ハルト、目がキラキラ。ほらハルト、お父さんに何か言わなきゃ。ハルト」

お兄ちゃんの声にハッとして、慌ててお父さん達を誉めます。凄いとかカッコいいとか、それから世界で一番とか。もうね、考えられる限りの言葉で、お父さん達のことを褒めました。そしたら……。

「「「あ……」」」

みんなの声が重なりました。何？　あれ？　何だろう？　鼻水が出ちゃったと思って、手で擦ったんだ。そしたら手には赤いものが。鼻血でした。興奮しすぎて鼻血がでちゃったの。

「あらあら、興奮しちゃったのね。さっきは頭が痛くて今度は鼻血。今日は忙しいわね」

またまたお母さんの魔法のお世話になりました。鼻血が止まってからは、今日はもう大人しくしてなさいって、お屋敷の中に入る事になっちゃったよ。もう少し外に居たかったけどしょうがない。これ以上鼻血が出ても困るし。僕はオニキスに乗ってお屋敷の中に入ります。

その日の夜、ご飯食べ終わったあと休憩室で休んでいたら、お母さんが五日後にお店通りに行こうって言ってきました。

「ハルトちゃんはまだ、ゆっくり街の中見てないものね。なかなか時間取れなくて。それにスノー達のこともあったし」

そうなのです。僕はこの街に来てから、まだあのお店通りに行った事がなかったんだ。僕やオニキス達だけで行くのはダメだし、誰かに連れて行って貰おうと思ったら、みんな予定が入っていて、行けなくて。

それに何より、スノーの薬が充分揃うまで待っていたの。それでその薬を待っている間に、やっとお父さんのお仕事が落ち着いて。お母さんもお友達の貴族の人とのお茶会が終わって、お兄ちゃんも五日後は、学校がお休みって事で。五日後にみんなに、街を案内してもらう事になりました。

「お母さん、ハルトちゃんに買ってあげたいものがあるのよ。ハルトちゃん、楽しみにしていてね」

何だろう？　楽しみだなぁ。

あと、少しだけおねだりしても大丈夫かな？　最初の日、お店通り通ったとき、ご飯やお菓子、とっても美味しそうな物がたくさん売っていたでしょう？　まあ、僕が食べられる物は少ないかもしれないけど。

硬いものは大体ダメ。顎がね、疲れちゃうの。子供の口には合いません。でも、あれは食べたい。骨付き肉。海賊が食べるようなお肉ね。あれと似ているのを売っていたんだよ。海賊肉、ちょっと憧れない？

それからもう一つ、買いたいものがあります。オニキス達用のブラシです。オニキス達は毛並みが良いから。いつもふわふわ、もふもふでいて欲しいの。

ただ……、凄く毛が抜けるんだよ。それが舞って顔中にくっついて、もう痒くて痒くて、それに鼻に入ってくしゃみが止まらなくなるの。お店通りに行ったら、最初に買って貰わなくちゃ。

それからお店通りへ行くまで、ワクワク、ドキドキしながら毎日すごして、ついにお出かけの日になりました。

いよいよお店通りで遊びます。僕はスノーとお揃いのうさぎ耳帽子をかぶって、準備万端でみんなで、玄関ホールでお父さんとお母さん、それからお兄ちゃんを待ちます。

今日はお母さんがお店通りに行きながら、街の色々を教えてくれるみたい。なんか昨日の夜のお母さんとビアンカのテンション、やけに高かったけどね。

「ああ、こんなに可愛いハルトちゃんを連れて歩けるなんて、マイナに会ったら可愛い自慢しなくちゃ。明日はもちろん、うさぎの帽子をかぶりましょうね。それが一番似合うもの」

「ああ、一緒に行けないのが、とても残念でなりません。奥様、お帰りになられたら、すぐに可愛いハルト様の報告をして下さいませ!!」

「もちろんよ！　全てを記憶して、必ず伝えるわ！」

そう言ってから、二人はがっしりと腕を組んで、そして黙って頷きあっていたんだ。うん、その事は忘れよう。僕何も見てないよ。二人の笑顔が怖かったなんて、そんな事あるわけないよ。ね？

少しして、次に準備が終わって玄関ホールに来たのはお兄ちゃん。お兄ちゃんはカバンを肩からかけて、それから今日はシンプルな洋服を着ていました。

いつもは学校の洋服を着ているか、訓練用の洋服着ているか。あとは騎士の人達が着るような、ちょっとカッコいい洋服着ています。

「今日はお店通りにいくから、汚れても良い洋服着ているんだ。それと動きやすいようにね。だって、食べ物を立ち食いしたり、小さなお店に入ったり、色々する事があるからね」

食べ物を立ち食い？　貴族が？　何かあんまり想像出来ないんだけど。お母さんも立ち食いするの？　あっ、最初に来たときは、冒険者の女の人は立ち食いしていたっけ。でもあれは冒険者の人だったからで、貴族のお母さんのその姿は、想像出来ないんだけど。

僕が考え込んでいたら、お父さんとお母さんが一緒に階段を降りて来ました。二人ともやっぱりシンプルな洋服です。街の人達が着ているような服。

「よし、みんな揃っているな。じゃあ出発だ」

「皆様、行ってらっしゃいませ」

「奥様！　ビアンカは奥様のハルト様の可愛い姿のお土産話を、楽しみに待っております!!」

「ええ、必ず、たくさん話を持ち帰るわ！」

今日も相変わらず、テンションがおかしい……。僕は普通にお店通りで遊ぶだけだよ。

グレンとビアンカに手を振りながら、歩いてお店通りに向かいます。僕はオニキスに乗って移動ね。本当は馬で行っても良かったんだけど、お店に入る時とか、いちいち馬を預ける場所に行かなくちゃいけないから、面倒くさいみたい。

馬を預ける所は、お店通りに五カ所。一定の距離に設置してあります。馬だけじゃなくて、お店に入れない大きな魔獣達も預けられるんだよ。ただ、今日はその預ける時間ももったいないからって。

お屋敷を出て、最初に気づいたのは、大きな畑と家畜小屋です。しかも二つともけっこう広くて大きいんだ。これは街や周りの森で何か起こった時ように、用意している物なんだって。

例えば街の外、森とか林、いろんな所で魔獣が暴れたりして、外からくる商業の人達が街に来られなくなったり、逆に街の人達が外に出られなくなったりした時。

それからもし盗賊や悪い人達が街を襲って来て、街を封鎖しなくちゃいけなくなったら。そうしたらみんなのご飯に困るからね。そのための畑と家畜小屋です。

あとね、畑と家畜小屋それぞれの近くに池があって、そこには食べられる魚魔獣が入れてあります。これも街の人達が作ったんだって。色々考えているんだね。

そんな畑と家畜小屋を通り過ぎて、一軒家が並んでいる場所へ。一軒家が建っている所にも、何軒かお店があるみたいです。でもお父さんが、

「こっちのお店は、ハルトには関係ないものを売っているから、別に見なくて良いだろう」

って。どんなお店があるんだろう？　僕に関係ないもの？　うーん、分かんないや。まあ、いつか見られたら良いかな。

そうして一軒家が並んでいる所も通り過ぎれば、良い匂いがしてきました。お店通りが近くなって来た証拠です。

「ご飯を売るお店が始まるのは、朝早くからだ。朝早くから冒険に出かける人や、仕事で出かける人達のために、朝ごはんを売っているんだ。今日俺達は、お昼と夕飯をここで食べるから、今日はゆっくりたくさんお店を見られるからな」

おお！　やったぁっ!!　たくさんのお店があるからね。お店を全部見る事が出来なくても、夜ま

でだから、色々見られるはず！

お店通りに着いてびっくり。朝早いのに、もう人だらけ。朝からこんなにみんな動いているの？まるで通勤ラッシュだよ。でもそんな事は気にしてられない。端のお店からどんどん見ていかなくちゃ。

「ハルトちゃん、見たいお店があったら言ってね」

「あい!!」

手を挙げて返事。あ～あ、完璧に子供だ……。だいぶ子供扱いにも、自分が子供って事にも慣れてきたんだけど、たまにふと考えちゃうよ。

僕が最初に気になったのは、色々な物を売っているらしいお店。本当に何でもありますって感じで、カバンにタオルに、コップやランタン。雑貨屋さんみたいなお店です。オニキス達用のブラシもここにあるかも。ここは早速おねだりだ！

「おとうしゃん、こにょおみしぇ、みちゃい」

「ん？　何か欲しい物が見つかったか？」

「おにきしゅやしゅにょー、けをしゃーっちぇ」

こっちではブラシの事、ブラシって言うのか分からなかったから、取り敢えずジェスチャーで伝えます。お屋敷で、僕の髪の毛セットしてくれるのはビアンカで、その時の道具はクシって、同じ名前だったけど、ブラシは違うかも知れないからね。

「ああ、毛をとかすのか。スノー達の毛は飛ぶからな。あれは顔が痒くなる。それにくしゃみがな」

やっぱりお父さんもそうだったんだ。ねぇ、あれ痒いよねぇ。

「じゃあ、魔獣用のブラシだな。よし見てみよう」

ブラシで良かったみたい。お父さんがお店の人に、ブラシを売っているか聞いてくれます。お店のおじさんは、積んであったお店の商品に手を突っ込んでゴソゴソ。いっぱい積んであるから、商品がどんどん落ちます。それで良いの？　売り物でしょう？

でもね、周りのお店を見ると、けっこうこういうお店が多いんだ。それで、お客さんもあんまり気にしないで買い物しているの。これが普通なのかも。

少しの間、ゴソゴソしていたおじさん。下の方からブラシを取り出しました。おお～、なかなか大きくて、柄の部分に良い木を使っています、って感じの立派なブラシ。お父さんがそれを受け取って、オニキスの毛をとかします。

「オニキスどうだ。痛いとか、毛がつるとかないか」

『大丈夫だ。これならスノー達も大丈夫だろう』

「よし、じゃあこれをくれ」

紙に包んでもらって、お父さんのカバンの中に入れます。僕はもちろん、お父さんにありがとうをします。ちゃんとお礼は言わないと。

「おとうしゃん、あいがちょ！」

お父さん僕の頭を撫でてくれたよ。僕の最初の目的達成です。早速今日帰ったら、みんなのブラッシングしてあげよう。僕がみんなにそう言ったら、みんなとっても喜んでくれました。

さあ、次はどんなお店かな。そうそう、海賊肉は絶対食べなくちゃね。でもお昼までまだまだ。夜もここでご飯だし、ちゃんと考えて食べ物選ぼう。僕、そんなに食べられないからね。

・・●・・

俺は洞窟の前にテントを張っている、サーカス団の所に来ていた。ある話をするためだ。団長のテントまで行くと、団長はヘビの魔獣に、奴隷の首輪を着けている最中だった。

「来たのか？」

団長が俺に気づき、手を止める。

「予定通りか？」

「ああ。お前の情報通り、一人偵察に行かせたが、やはりあの街にいる事は間違いない。次の公演場所はシーライトだ」

これからの予定を団長と話し合う。最近俺達の組織は、失敗が続いていたため、上のあの方々がかなり揉めていた。こちらの仕事だけでも、完璧にこなさなければ。

しかし、あの子供は一体？　それに子供の周りにいるあの魔獣達。今ではホワイトノーブルタイガーまでもが、あの子供と共にいる事に。まぁ、こちらは保護した流れで、一緒にいるだけかもしれないが、他は。

あの子供に何かあるのか？　もし何かあるのならそれを調べて、もし我々の力にできそうなら……。

「何か考え事か？」

「いや。さあ、作戦を考えよう」

まずはこちらからだ。待っていろ、ホワイトノーブルタイガー。次は逃がさない。

・・●・・

ブラシを買ってもらったら、次のお店へ。どんどんお店を見ていくけど、一番多いお店は、武器を売っているお店みたい。それか冒険に必要な道具を売っているお店に、魔法の石ばかり売っているお店も。

攻撃を受けて、怪我をしていたり、毒や痺れの症状になったり、その他の症状にも効く、解毒剤や回復のポーションを、売っているお店もあります。

これは回復魔法を使って、治せない人達のため。ちょっとの回復魔法が使える人はいるけど、この前みたいに、僕がかかった酷い風邪を治す事ができたり、重症の怪我や症状を治せる人は、あんまりいないんだって。

冒険者でパーティーを組んでいても、そういう人がいない場合はポーションが必要です。ただ冒険だけじゃなくて、そういう物を、用意するのも大切だよね。

それから、所々にある食べ物のお店から、本当に良い匂いがしてきます。さっきは鳥のクチバシだけ売っているお店があったよ。ロロ鳥っていう鳥がいて、その鳥のクチバシを蒸して食べると、プリプリしていて美味しいんだって。体の方は、骨と皮ばっかりでダメみたい。でも出汁には使えるって。後でお昼に買ってくれるって。

お母さんがあるお店の前で止まりました。お店通りには屋台風のお店と、家タイプのお店がありますす。今お母さんが止まったのは、家タイプのお店です。

「お母さんここに用事があるの。さあ、入りましょう」

みんなでお店に入ります。シーライトのお店は、お店に入れるサイズの魔獣なら、一緒に入る事が出来るから、オニキス達と一緒にお店に入りました。時々小さい魔獣でも入れないお店もあるみたいだから、それは気をつけないとね。

中に入ると、小さい手の平サイズの乗り物のおもちゃや、ぬいぐるみ、それから積み木みたいなおもちゃ、たくさんのおもちゃを売っていました。うん。おもちゃ屋さんだね。

お母さんはおもちゃ屋さんに入ると、すぐに店員さんの所に。僕達はその間、おもちゃを見て待っていました。

僕がお屋敷で暮らしてから、お父さんもお母さんも、たくさんのおもちゃを用意してくれました。お兄ちゃんも時間がある時は、そのおもちゃで僕と遊んでくれます。

僕ね、けっこう遊ぶの楽しいよ。地球に居た時の僕は、おじさんの家に行ってからずっと、おじさんの仕事の手伝いばっかりしていて、書類分けとか、手紙の整理とか。面倒くさい仕事ばっかりさせられていたっけ。

もちろんその前は、テレビゲームでも遊んでいたけど、そんな物はここにはないし、遊ぶとしたらおもちゃ。だからもらったおもちゃで遊んでいたら、ハマっちゃったんだ。

『ハルト、フウはこのお椀ほしいな。お花の絵が描いてあるやつ。これおままごとの道具なんでしょ。なら、これで遊びたい！』

『ならオレはこっち。このギザギザ模様がカッコいいお皿がほしい！』

僕達が集まって話をしていたら、お父さんが何を話しているのか聞いてきました。それで、みんなが欲しい物を言ったら買ってくれるって。だからみんなで一つずつ、欲しい物を買って貰いました。

フウとライはさっき言っていたやつ。スノーは水玉模様のちょっと大きいお皿。ブレイブとアーサーは、木の実の絵が描いてあるコップをお揃いで。僕は色々な魔獣の絵が描いてあるお皿です。

最後にオニキスは。

『俺はこれにしてくれ』

オニキスが持って来たのは、僕の顔よりも大きい器。それおもちゃなの？　まあ、ここに置いてあるんだから、おもちゃなのかな。

みんなで選んだおもちゃを袋に入れてもらって、僕が持つって言ったら、お父さんが大丈夫かって聞いてきました。大丈夫だよ。それにせっかく僕達の遊び道具を買って貰ったんだから、自分で持ちたい。

僕達の買い物が終わったら、ちょうどお母さんが戻って来ました。手には何かの包紙を持っています。僕達と反対側で、店員さんと何かをしていたから、何買ったか分からないけど、お母さんはとってもニコニコ。

「あら、何買って貰ったの？」

「えちょ、おままごちょのどぐ」

「そう、良かったわね。お母さんも良い物買えたわ。さあ、次に行きましょうか」

次のお店に行きます。僕の持っているおもちゃの袋、けっこう大きくて重くて、途中何度もズルズル地面を擦っちゃった。だから途中で、僕が袋の手で持つ所を持って、オニキスが袋の底の部分を咥えてくれました。

お昼は噴水の所にみんなで座って、お父さんが買って来てくれたご飯を食べます。僕は美味しそうなソーセージがあったからそれと、さっきのロロ鳥のクチバシ。それから木の実のジュースです。お父さん達は、やっぱりステーキとか、ボリュームのあるお肉を。お兄ちゃんは魚魔獣のサンドウィッチ。

ロロ鳥のクチバシ、とっても美味しかったです。プルプルしていて、でもそれなりに歯応えもあって、そうだあれに似ているんだ。豚足をもっとプルプルにした感じ。味は甘いタレがかかっていました。

ソーセージは、ひと口食べたら肉汁がじわって。ううん。じわっじゃないね、ぼたぼたぼたって。そんなに凄い事になるなんて思っていなかったから、ズボンに垂れちゃって、ズボンが結構びしょびしょに。すぐにオニキスが綺麗にしてくれたけど、気をつけて食べなくちゃ。もちろんソーセージもとっても美味しかったです。

お昼が終わって、またお店を見て回ります。お昼過ぎたのに、まだ半分も回れてないよ。だって面白いお店ばっかりで、すぐに止まっちゃうから。

お店通りの中心に近づいてきたら、大きな建物が二つ見えてきました。初めて街に来た時も見たけど、てっきりあの建物もみんなが暮らしている家だと思って、何も聞かなかったんだ。

でもよく見たら、建物の上の方に看板が付いていて。ここがこの街の冒険者ギルドと商業ギルドなんだ。

六階建ての大きな建物です。色々な人達が出たり入ったりしていて、どの人達もみんな忙しそう。あっ、今冒険者ギルドに魔獣を肩に担いだ人達が入って行った！　商業ギルドの方には、アレは薬草かな？　カゴにいっぱいの草を運んで行きました。

「ハルト、目がキラキラしてるよ。ハルトはどっちのギルドに入ってみたいの」

「んちょ、ぼけんちゃぎちゅど！」

「そっか。そうだ！　僕の冒険者ギルドのカード見てみる？」

お兄ちゃんが自分のカバンから、小さい銀行のキャッシュカードくらいのカードを出しました。それを僕に渡して見せてくれます。字が読めないから、お兄ちゃんが説明してくれました。

「一番上が名前で、次が入っている冒険者グループの名前。それで次が冒険者のランク。ランクって分かる？　自分が冒険者でどのくらいの強さか分かるんだよ」

おお、さすが異世界。やっぱり冒険者にはランクがあるんだね。ランクは一番上がSSSランクで、SS、S、A、B、と下がっていって、一番下がEランク。お兄ちゃんは今Cランクだって。お母さんがお兄ちゃんを褒めていたよ。お兄ちゃんはお父さんやグレンと訓練しているから、他の同じ歳くらいの子よりも強いんだって。だから他の誰よりも早くCランクに上がれたって。お兄ちゃん、もっと頑張らないと、って言っていたけど、同じくらいの子より強いなんて凄いねぇ。

「にいしゃん、しゅごい！」

僕は頭の上で拍手。他のみんなもそれぞれ、お兄ちゃんの周りを飛んだり走ったり、体にすりすりして凄い凄いって言っています。お兄ちゃんは恥ずかしそうに、顔を赤くして照れ笑いをしていました。

良いなぁ、お兄ちゃん。僕も早く冒険者ギルドに入ってみたいよ。でも、冒険者ギルドに入るにも登録するにも、まずは八歳にならないと。それから他にも、やらなくちゃいけない事がいっぱい。

剣と魔法の練習でしょう。それからどんな魔獣がいるのか、どんな所で暮らしているのか覚えなくちゃいけないし。僕が考えていた事が分かったみたいで、お父さんが話しかけてきました。

「ハルトには少し早いな。もう少し大きくなったら、俺が色々教えてやるから、それまではハルトはたくさん遊んで、たくさんご飯食べて、毎日を元気いっぱい過ごすんだ」

僕は大きく頷きました。お父さんの言葉がとっても嬉しかったです。そうだよね。そのうちなんでも出来るようになるよね。今はオニキス達とみんなで楽しく過ごせれば良いや。そんな事思いながら、次のお店に移動しました。

それでね、どんどんお店を見て行ったけど、結局夜までに、全部見られないまま、あと一つお店を見たら、今日のお店見学は終わることに。しょうがないよね、今度また連れて来てもらおう。だって僕達はこれからここで暮らすんだから、慌てることはないよ。

今日最後のお店は、お母さんが寄りたいって言ったお店です。僕の物を買いたいんだって。僕はお店見た途端、嫌な予感が。窓の所、見た事のある洋服が並んでいます。中に入ってそれは確信に。可愛い服がズラッと並んでいました。

そう、ここは僕が着ている、子供の洋服を売っているお店だったの。もちろんスノーとお揃いの可愛い魔獣帽子も、色々な種類を売っていました。お母さんはスキップしそうな勢いでお店に入って行きます。僕はのろのろ。

僕、カッコいい洋服が良いよ。可愛いのはスノーとお揃いの帽子だけで良い。なんて僕の気持ちは届かず、お母さんが店員さんを連れて僕の所に。店員さんの手には可愛い可愛い洋服が。

「今日は店主のルイスが居ないみたいなの。せっかく可愛い洋服を着た、可愛いハルトちゃんを見せようと思ったのに。でもね、ルイスが新作を取っておいてくれたみたいなの。オオカミさんをモチーフにした洋服よ。さあ、あの個室に入って着てみましょう」

お母さんに言われるまま、お店の端にある小さな個室に入ります。一畳くらいの部屋。お母さんが洋服を着替えさせてくれます。スノーもね。着替え終わってみんなに見せたら大好評。即お買い上げでした。

そんな中、僕はお店の奥に飾ってある、黒と青の貴族の人が着るような、カッコいい洋服を見つめます。お兄ちゃんが、僕がカッコいい洋服を見ている事に気づいて、話しかけて来ました。

「ハルトどうしたの？」

「ぼく、かこいいにょしゅき、あれ、しゅき」

「ああ、あの洋服？　母さん、ハルトあの洋服が欲しいみたい」

「あらそう？　確かに似合いそうね。じゃあ、あの洋服も包んでちょうだい」

やったぁ！　お兄ちゃん気がついてくれてありがとう。お母さんとスノーは可愛い洋服を買えてニコニコ。僕はカッコいい洋服を買ってもらってニコニコ。みんな好きな物が買えて良かったね。

そうだ！　今度カッコいい洋服で、スノーとお揃いで着られる洋服作ってくれないかな。それでそのカッコいい洋服に合う、カッコいい帽子を付けてもらえれば。全部カッコいいで揃えられないかな？

洋服を買って外に出ると、外はだいぶ暗くなっていました。お母さんが僕の目線に合わせてしゃがみます。

「今日は楽しかった？」

「うん！」

「そう、なら良かったわ。これからご飯食べて帰るけど、お母さんからハルトちゃんにプレゼントがあるのよ」

そう言うとお母さんは包みを出してきました。お母さんがおもちゃのお店で買った物が包んである包みです。僕はそれを受け取って、そっと包みを開けました。中から出てきたのは、木で出来た

剣のおもちゃでした。

「ハルトちゃんはまだ、本物の剣は持てないでしょう。でもこれなら今のハルトちゃんでも持てるし、それに子供って、こういう物が好きだものね」

お母さんは剣を手にとります。剣とは別にベルトも入っていて、まずそのベルトを腰に巻いてくれて、そこに剣を差してくれました。これで完璧。

お母さんがニッコリ笑いました。本物の剣じゃないけど、今の僕には十分です。それに、お母さんが僕のために、せっかく買ってくれた剣。

「おかあしゃん、ありがちょ!!」

「良かったわ、喜んでくれて。ちょっと回ってみて」

僕はクルクル回りました。

「うん、カッコいいじゃないか。もう立派な騎士だな。それか冒険者だ」

腰に剣をつけて、テンションの上がった僕は、最後のミッションに挑みます。それは……、海賊肉を食べる事!! 今日最後の大切なミッションです。

海賊肉を売っているお店を確認。美味しそうな匂いが辺り一面に漂っています。僕はお父さんの洋服を一生懸命引っ張ります。

「おとうしゃん、ありぇ、たべちゃい！」

「ん？　ああ、あのお肉か。じゃあお父さんと一緒に食べよう。絶対ハルトだけじゃ、食べきれないからな。ハルトの顔よりも大きいお肉だ」

海賊肉を買うお客さんの、長い列が出来ていて、お父さんと一緒にその列に並びました。人気店なんだね。

お店は三人のおじさんがやっていて、お肉が無くなると、おじさんのうちの一人が何処からかお肉を持ってきます。お肉は持ってくる時にもう焼けていて、でも屋台でもう一度焼いています。

僕は、早く自分の番にならないかなぁって、ワクワクしながら待っていました。そしていよいよ僕達の番です。僕は大きな声で。

「よっちゅくだしゃい!!」

下の方から、声をかけました。

「ん？　ああ、領主様。今日は外でご飯ですかい。それにしても随分声が幼かったような？」

「久しぶりだな、と、今のは、俺の声じゃない」

僕は気づいてもらおうと思って、その場でジャンプしました。ジャンプしながら四つって言うの、なかなか難しかったよ。途切れ途切れになっちゃうんだもん。

「随分と小さいお客さんだね、いつの間にもう一人子供が？」

「まあな。名前はハルトって言うんだ。ハルトはここの肉を食べるのを、今日一日ずっと楽しみにしていたらしい」

それを聞いたおじさんはとっても喜んでくれて、今屋台に並んでいる中で一番大きい海賊肉を、紙のお皿に載せて僕にくれました。他の三本は袋に入れてその中にお皿も入れてくれて、お父さんが受け取ります。

僕の目の前には大きな海賊肉が。それのせいで前が全然見えません。よたよたしながら歩き始めます。お肉、見た目通りとっても重たいんだ。

「坊ちゃんお気をつけて!!」

お肉屋さんの声を聞きながら、お母さん達が待つ噴水近くのベンチまで歩きます。本当はありがとうを言いたかったけど、お肉でそれどころじゃなかったんだ。

そろりそろり歩いていたら、僕の横を通り過ぎる人達が、なんだかクスクス笑っています。みんな何で笑っているんだろう、面白い物でもあるのかな？　見たいけど、お肉があるから見られないよ。

やっとの事で、なんとかベンチに到着です。着いた途端にお兄ちゃんが笑い始めました。

「あははははっ、お肉が歩いて来た！」

え？　何？　お母さんが僕のお肉を受け取ってくれて、僕は大きな溜め息。疲れたぁ。それで何でお兄ちゃんは笑っているの？　お母さんは相変わらずの笑顔だけど。お母さんが教えてくれました。

お肉大きかったでしょう。僕の顔や頭がすっぽりお肉に隠れちゃっていて、お肉が歩いているように見えたんだって。

あっ、もしかしてさっき笑っていた人達、僕の事を見て笑っていたの!?　う〜、僕頑張って運んでいたのに。ブスッとしている僕に、お父さんが温かいうちに食べなくて良いのかって。ハッ！　早く食べなくちゃ！

急いでベンチによじ登ります。お尻が持ち上がらなくて、オニキスが鼻で押し上げてくれました。お父さんの水魔法で手を洗って、両手で骨を持ちます。そして。

ガブッ!!　お肉にかぶり付きました。んんん〜、美味しい〜!!　お肉は全然硬くなくて、口に入れると、ふわって無くなっちゃいました。肉汁もじゅわわわわって。味もちょうど良い感じの塩味です。

これならいくらでも食べられるよ!　どんどんお肉にかぶり付きます。僕の足元ではオニキスがお肉にかぶり付いています。スノー達もね。こんなに美味しい食べ物が、いっぱいこの街にはあって、僕ここに来て良かったよ。

第六章

街にサーカス団がやって来た！

Kegare wo haratte,
Mofumofu to
Shiawaseseikatsu

　この間のお店通り歩きから数日後、僕は急に時間の空いたお父さんと、それからいつも仕事で忙しいけど今日は休みのグレン、もちろんオニキス達も一緒に、お店通りに来ました。

　今日の予定は、ブレイブとアーサーを、ザインさんと一緒に暮らしている、リリースのルイに会わせてあげようと思って、午前中はザインさんの家に。午後はこの前見られなかった残りのお店を見ます。

　ザインさんの家は、一軒家が並ぶ場所の、一番端っこでした。分かりやすい所に家があったから、もう少し大きくなったら僕だけでも遊びに来られるかも。ブレイブとアーサーを、ルイと遊ばせてあげたいもんね。

　ザインさんの家についてドアをノックすると、バンッ!! と勢いよくドアが開きました。そしてドアが外れました……。ん？　そしてドアを持ったまま外に出てくるザインさん。

「おっと、またやっちまった。まぁ、後で直せば良いだろう。それよりよく来たな」

「お前は相変わらずだな。ミリーは？」

「ああ、今お菓子焼いてるんだ。今日ハルトが来るって聞いてたな」

そんな話をしていたら、家の中からリリースが飛び出して来ました。この子がルイだって。ブレイブとアーサーがオニキスから飛び下りて、三匹で戯れています。三匹とも楽しそう。遊んでいるブレイブ達を何とか家の中に入れて、僕達はザインさんの家の中に入りました。

「お久しぶりですキアル様。それと貴方がハルトちゃんね。こんにちは、私はミリーよ。よろしくね」

奥の部屋から、とっても綺麗な女の人が出てきました。名前はミリーさん。ザインさんの奥さんです。

「はじめまちて、こんちゃ！」

「あら、ちゃんと挨拶できて偉いわね。もう少しでお菓子焼けるから、待っていて頂戴ね。二階の子供部屋に息子のルーニーがいるの。遊んで待っていてくれるかしら」

そう言われて、みんなで子供部屋に移動です。この世界に来て初めて、僕と同じくらいの子と遊びます。ちょっとドキドキしながら子供部屋に入ったら、小さい男の子が、床をゴロゴロして遊んでいました。ルーニー君、もうすぐ二歳の男の子だって。僕より小さかったです。

「ぱぁぱぁ」

「ほらハルトお兄ちゃんだぞ、一緒に遊ぼうな」

「こえ」

ルーニー君が僕に渡してきたのは、乗り物のおもちゃ。僕はそれを思い切り走らせます。床をシュッと走っていくおもちゃで、ルーニー君が楽しそうに追いかけます。よし、どんどんおもちゃの乗り物を走らせてあげよう。

スノーやフウにライも一緒に追いかけます。でもこれが何気に疲れる。ミリーさんのお菓子が焼けるまでずっとやってあげていたら、腕がね……。これ今までの大きな体だったら絶対筋肉痛になっているやつだ。

「出来たわよ!!」

呼ばれて下に降りながら、腕をまわします。

「ちゅかれちゃ、あしょぶにょ、ちゃいへん」

「ははは、大人みたいな事言うな。それにその仕草」

だって本当に疲れたんだよ。

部屋に入ると、今までしていた良い匂いが、さらにふんわりと香ってきて。ミリーさんが焼いてくれたお菓子は、クッキーとマフィンみたいなお菓子でした。

「おいち!!」

とっても美味しくてパクパク食べちゃったよ。お昼の前におやつ、何か嬉しいねぇ。でもきっと今日のお昼は、あんまり食べられない。せっかくお店通り行くのにちょっと残念。でもお菓子食べられてラッキー!? 良く分かんないや。

「そんなに美味しそうに食べてくれて、私嬉しいわ。また遊びに来る時も作ってあげるからね」

「ありがちょ!」

お菓子の後また少し遊んで、それからお昼前にザインさんの家を出ました。

「じゃあ行って来るな」

「夕方までには帰って来てね。ハルトちゃんまたね」

「ばばい！」

バイバイがばばいに……。うん、気にしない気にしない。僕達にくっ付いて、ザインさんがルーニー君を抱っこして、お店通りに行く事になりました。ルイもね。三匹であっちに行ったりこっちに来たり、ふらふらしながら付いてきます。

お店通りに着いてすぐ、お父さんとザインさんは屋台で串焼きを買っていました。僕はひと口だけもらったよ。お父さんとザインさんは串焼きの他にも、お肉の塊に、魚魔獣の燻製焼にサンドイッチも、凄い勢いで食べていたよ。ミリーさんのお菓子食べた後なのにね。

そしてその隣で静かにだけど、やっぱりいっぱい色々な物を食べているグレン。静かなのに何か圧を感じます。

「おとうしゃん、いつもたくしゃんたべりゅ。ぼく、ちょっとだけ」

「旦那様はお屋敷で一番お食べになりますね。もともとたくさん食べる人が多いのですよ。ハルト様は少し少ないですね」

え〜、僕は普通だよ。この世界の人達のお腹の中ってどうなっているんだろう。地球に行ったら大食い選手権とか出られそうだね。

この前見られなかったお店の所から、ゆっくり歩きます。そしてこの前のおもちゃ屋さんとは別のおもちゃ屋さんに入りました。ここはルーニー君がよく来るお店だって。

それでね、ザインさんが僕とルーニー君にお揃いのうさぎのぬいぐるみ買ってくれました。ルーニー君は大喜び。僕も何気に、地球にいた時からぬいぐるみ好きだったから、買ってもらって普通に嬉しかったよ。それに僕ね、ぬいぐるみを作るのも好きだったんだ。

ちなみに今、僕の部屋は、ぬいぐるみだらけになっています。みんなお揃いのぬいぐるみを買ってもらって、他にもそれぞれみんなが好きなぬいぐるみを買ってもらいました。後は、お兄ちゃんのお下がりのぬいぐるみを、いっぱいもらったんだ。だからいっぱいなの。

そんなこんなで、夕方ちょっと前までに、何とか全部のお店を見る事ができました。夕ご飯を買って今日のお店通り歩きは終わりです。

ふと人のざわつきにそっちの方を見たら、お店通りの少し先、街の門の近くに人集りが出来ていました。何だろう？

「おとうしゃん、ありぇ」

僕は人集りのほうを指差しました。

「ん？　あそこは掲示板の所だな。行ってみるか」

人集りの方に移動して、順番に前の方へ。やっと前まで行って、お父さん達が張り紙を見ます。

「ハルト、サーカス団が来るらしいぞ。グレン連絡来てたか？」

「いえ、まだそのような知らせは」

こういうサーカス団とか劇をする人達が、街で公演する時は、普通は先にお屋敷に連絡があるはずなんだって。その連絡がまだ来てないみたい。

でもサーカスか。この世界のサーカスってどんなだろう。魔法とか魔獣とか凄そうだね。見てみたい。

「おとうしゃん、しゃかしゅ、みちゃい。おもちろ?」

「ああ、サーカスは面白いぞ。きっとハルトはビックリするものが多い筈だ。ちゃんと俺の所に連絡が来たら見られるからな」

ザインさんとルーニー君に、手を振りながらさようならして屋敷に帰ります。今日買って貰ったぬいぐるみは僕のベッドの上に。うさぎとくまのぬいぐるみの間にスノーが座りました。これ、何も知らない人が見たら、スノーのことぬいぐるみと間違うんじゃ。

そうしてお店通り歩きをした数日後、サーカス団の団長さんと、仲間の人何人かが、お屋敷に挨拶しに来ました。お父さんが遅いってとっても怒っていたよ。この街の中で勝手に催し物して、何か事故でも起きたら大変だから、お知らせ貼る前に、ちゃんと挨拶に来るようにって。うん。それは大事なことだよね。

団長さんはちゃんと謝って、それから特別に、僕に羊みたいな魔獣の魔法火の輪潜りを見せてくれました。

外で見たんだけど、団長さんが屋根の方にまで魔法で火の輪を作って、軽〜く魔獣がそれを潜り抜けてみごとな着地。凄い凄い！　地球のサーカスよりも全然迫力が違います。

「どうでしたか坊ちゃん。楽しんで頂けましたか」

僕は頭の上で拍手。みんなには見えないけど、フウとライも頭の上で拍手しています。スノーとブレイブとアーサーは跳ね回って喜んでいました。

「サーカスは八日後からです。是非見に来てくださいね、待っていますよ」

団長さんと仲間の人が、お父さんに頭を下げながら帰って行きます。でも団長さんが僕の横を通り過ぎた時でした。

「これから仲良くしましょうねぇ」

ん？　どゆこと？　僕は振り返って去っていく団長さんを見つめます。団長さんの声は僕にしか聞こえなかったみたい。みんな気付いていません。何だろう、仲良くしましょうって。たくさん見に来てって事かな？

でも本当にサーカス楽しみだよ、どんな凄い技を見られるのかなぁ。

•
•
●
•
•

とある火山地帯にて。

『ねぇねぇおじちゃん、この頃変な人間達が居るんだ。何かねぇ、気持ち悪い人達』

『そうか……。メイスターはどうしている？』

『うんとねぇ、その人間達見張ってる』

何故こんな場所に人間が？　ここは人間が近づかない火山地帯。ここ何百年も人の姿は見ていなかったが？

『おい！　オヤジ!!』

メイスターか？　何だ？　あんなに慌てて。

『おい、人間どもがこんな火山の所に家を建てて、連れて来た魔獣達を閉じ込め、何か始めたぞ！』

一体何が起こっている？　俺も様子を見に行くために姿を変える。この山で勝手はさせない。見極めてもし害をなす者達ならば始末してやる。

俺はメイスターと共に、人間達の元へと向かった。まさかこの出来事が、運命的な出会いを果たすとは、この時の俺は知る由もなかった。

・・●・・

「サーカスが来るときや、舞台の人達が来る時は、街の人達に来ましたよって教えるために、お店通りを行進するのよ。街の人達も歓迎のために、色々な事するの。例えば花びらをひらひらって、綺麗に建物から降らしたり、魔法で花火を上げたりね」

お母さんが色々教えてくれます。サーカス団の団長さんが言った通り、八日後にサーカス団が街にやって来ました。それでね、お店通りを行進するって言うから、もちろんこれからみんなで見に行くんだけど……。

今日の僕の帽子は猫の帽子、しかも大きなリボンが付いています。スノーの洋服にも、頭の所に大きなリボンが。それからしっぽの付け根の所にもね。これいる？

なんでスノーは帽子だけじゃなく、洋服まで着ているか。今日は街に住んでいる、ほとんどの人が、サーカス団の行進を見に来ます。もしその人混みで、しっかり薬を飲んでいるとはいえ、何かの拍子にスノーの色が元に戻っちゃったら？　だから今日は洋服も着ているの。

「はい出来上がり。さあ、準備も出来たし行きましょうか」

お母さんに手を引かれて、オニキス達と玄関ホールに向かいます。玄関ホールにはもうみんな集まっていました。それでね、お父さんが渋い顔をしていたよ。うん、僕達の準備で、かなり待たされていたはず。

「遅いぞ」

「あらそう？　だってハルトちゃん達、ちゃんと可愛い格好させないと。街の人達だって今日は派手な格好して出迎えるでしょう。お祭りみたいなものなんですから」

街で何かある時、例えば今回は、サーカス団がテントを張る所に、たくさん屋台が出るんだって。サーカス団にくっ付いて商人の人達も来るみたいで、普段食べられない物や、他の街の商品を売ります。

あとはサーカス団の人達がサーカスとは別に、ちょっとした出し物をしたりするみたい。僕、それも楽しみ。

僕達がゆっくりお店通りに行けるのはお父さんのおかげ。だって領主様だからね。場所がとってあります。

さあ、出発!!　外に出たら、お店通りの方から花火が上がっていました。外は明るいのにけっこう綺麗に見えるんだ。それから花びらが舞っているのも見えたよ。

今日のお父さんからの注意事項、勝手にフラフラしない。何処か行きたくなったらちゃんとお父さんに言って、必ず一緒に行くこと。ブレイブ達も今日はオニキスの背中から降りないこと。

「ふわわ、しゅごいにぇ。たくしゃんひと!　まじゅも!」

お店通りは大勢の人に魔獣達。歩く場所なんてないくらい。それによく見たら、花びらも舞っているんだけど、花自体も舞っているんだ。風魔法でふわふわって。それがとっても綺麗なの。

スノーが前足でシュッ、シュッ!と花で遊びます。ブレイブとアーサーはオニキスの背中の上で何回も宙返り。フウとライは、オニキスの背中に落ちて来た花びらを集めて、何かやっています。

「なにちてるにょ?」

『えへへ、ないしょ』

『オレ達ちゃんと静かにしてるから大丈夫』

僕達が行進を見る場所は、お店通りのちょうど中心くらい。いつもは屋台がある場所に椅子が用意してありました。段差になっていて、前の人がいても見られるようになっています。僕達は席の一番上。一番良く見られる所です。

僕達が座って、その下の席はライネルさん達が座りました。久しぶりのライネルさん達。お仕事で少しの間街に居なかったんだ。

「ハルト君、久しぶりですね。ふふ。相変わらず可愛い格好してますね」

う～ん、僕はお父さん達みたいに格好良い洋服を着たいの。可愛いのも別に嫌いじゃないけど、この世界のお父さん達が着ている洋服、かなりカッコいいんだよ。だからそういうのを着たいんだ。

そうそう、この前あの洋服屋さんに行ったんだけど、そこの店主のルイスさんに、お母さんが洋服を見ているうちに、ちょっとだけお願いしたんだ。ちゃんと伝わったか怪しいけど。

カッコいい洋服で、スノーとお揃いの洋服が良いって。ルイスさんはお母さんの方をチラチラ見ながら苦笑いしていたよ……。大丈夫だよね、ルイスさん!!

みんなでお話しながら待っていると、街の入り口の方で、今までで一番大きくて綺麗な花火が上がりました。行進開始の合図です。街の人達から歓声が上がって、今までよりもたくさん花びらと花が舞います。それからシャボン玉みたいなのも。これは水魔法だって。

「あっ、おとうしゃん！　みえちゃ!!」

「ほら、ハルト、乗り出すな。落っこちるぞ」

前のめりになる僕を、お父さんが洋服掴んで、落ちないようにしてくれます。

最初に見えて来たのは、大きな虎みたいな魔獣の乗り物と、あれはドラゴンみたいな魔獣の乗り物に乗った、サーカス団の人達です。みんな自分の隣に魔獣がいます。

「あれは魔獣を使った技を披露する人達だ。サーカスの中で一番人気があるんだぞ」

へぇ～、どんな事をするんだろう、この前の団長さんの火の輪潜りもけっこう凄かったよ。楽しみだなぁ。

次に来たのはロープにぶら下がって技を披露している人や、ブランコに乗った人、うん。地球と同じ感じ。僕は空中ブランコが好きかな。

どんどん行進は続きます。全部で十台くらい行進するんだって。そして何事もないまま順調に行進は続いて。

そして最後、団長さん達が乗った乗り物が進んできました。団長さんは僕達の前に来ると一度止まって、お父さんに挨拶します。それからオニキス達を見てスノーを見て、最後に僕のことを見て、軽く頭を下げて前に向き直りました。

『……あの団長とかいう男。俺達を見た笑い顔が気に食わない。何か違和感がある』

そうオニキスが小さな声で言いました。そう？　僕には普通の笑い顔に見えたんだけど。

全部の行進が終わって、街の人達も行進に続き、サーカスのテントが張られる広場に移動して行きます。後は荷物が運ばれて来るだけだからね。僕達は人が少なくなってから広場に行くことにしました。

お父さんが言っていたみたいに、続々と荷物を積んだ荷馬車が入って来ます。座っていた段差の椅子から降りて、近くのお店を見ながら人が少なくなるのを待ったよ。

それで僕が屋台を見ていたら、後ろでガタンッ、ガタタッと音がしました。振り向いたら荷馬車からいくつも荷物が落ちちゃって、中身が外に飛び出していました。

木の実がたくさん、僕の足元まで転がってきたよ。近くにいた人達がみんなで拾ってあげます。僕もね。

「申し訳ありません。サーカスの魔獣達のための餌なんです」

荷馬車を運んでいた男の人が謝りながら、木の実を拾っているよ。スノーが木の実を手でコロコロ転がします。

「しゅのー、だめ。ほかにょ、まじゅうにょごはん」

僕は小さい手だからね、三つしか拾えなかったけど、落とした男の人に木の実を渡しました。僕ので最後です。

「ありがとうございます。おや、可愛い洋服をお召しで。お揃いですか？」

「うん！」

「拾って頂いたお礼に、この大きな木の実一つ差し上げます」

男の人がくれた木の実は、僕の顔くらいある大きな木の実でした。もらって嬉しかったけど、お、おもいぃぃぃぃ〜。

「良かったなハルト。この木の実はこの辺じゃ食べられない、珍しい木の実なんだぞ」

木の実が重くてフラフラな僕の代わりに、お父さんが持ってくれました。

「可愛いですね、抱っこしても？」

男の人がスノーに近づこうとした時でした。男の人とスノーの間に、オニキスが割り込むように入って唸り始めました。僕は慌ててオニキスを撫でて、静かにしようとします。

「赤ちゃん魔獣を守ろうとしたのかな。仲良くなりたかったのですが残念です」

最後の箱を積み終えて、男の人が荷馬車に乗り込みます。

「今日仲良くなれなかったのは残念ですが、近々、そうですね、すぐに仲良くなれるでしょう。楽しみです。くくくくくっ」

そう言い残して、男の人は行っちゃいました。オニキスに何で唸ったのかお父さんが聞いたら、二人で何かコソコソお話始めちゃったよ。

お話はすぐに終わったけど、その後お父さんは、急いで屋敷に帰っちゃいました。代わりにグレンが僕とテントに行ってくれたよ。後で、何を話していたかオニキスに聞いてみよう。

•••●•••

突然オニキスが、男とスノーの間に割って入ったと思ったら、威嚇し唸り始めた。ハルトが宥《なだ》めるように、オニキスの頭を撫で止めている。そして俺、キアルが止める間もなく、男はすぐに離れて、そして荷馬車に乗り込むと行ってしまった。

良かった。噛みつきでもしていたら大問題になるところだった。オニキスに何故唸ったのか聞けば、返事は思わぬものだった。

『あいつから、この間の突然現れて消えた、黒服と同じ力を感じた。顔も様子も全然違うから、別人だと思いたいが……。それか何か関係がある奴かも知れない。気をつけた方が良い』

まさかあの黒服が!?　そんなことはないと思いたかったが……。本当はこの後、家族みんなでテントの所で遊ぶ予定でいたが、それどころではなくなってしまった。

ハルトのことはグレンに任せ、フレッドのことも他の護衛に任せ、俺はライネル達と屋敷に戻り、この事について相談する事にした。

パトリシアには冒険者ギルドに行ってもらい、ギルドマスターに伝えてもらうことに。もし何かあればすぐに動けるようにしておいてもらうためだ。

少し寂しそうな顔をして、グレンと一緒に移動して行ったハルト。可哀想だが仕方がない。

屋敷に戻り話を始める。この間の事件の資料を集めているうちに、パトリシアがギルドマスターと共に屋敷に戻ってきた。商業ギルドのギルドマスターも一緒だ。冒険者ギルドマスターの名前はダイス。商業ギルドの方はサイナンス。皆が椅子に座ると話を始めた。

この前の事件のことで、調べたこと、そして分かった事は、全てをギルドと共有していた。事件があった街が近かったこともあり、ここシーライトに、もしかしたら上手く逃げ延びた犯人が、紛れ込んだ可能性があるためだ。

それに考えたくはないが、ギルド職員の中に、奴らの仲間が紛れ込んでいる可能性だってある。

「それで、その男は飼育係なんだろう？　お前から見てどう見えたんだ？」

ダイスは席につくなりすぐに質問してきた。集まった中で、一番歳上で、俺やライネル達の小さい頃を知っている男。まあ簡単に言えば、頭が上がらないといった感じだな。余計な事まで知られているからな。俺の失敗談や初恋もバッチリ知られている。

「俺が見た感じは、ただの飼育係だった。それどころか軟弱そうに見えて、何にも怪しいところはなかった。ハルトには木の実をくれていた」

俺の言葉にライネル達も頷く。ただそれが本当の姿なのかは分からないが。本当にただの飼育係で、たまたま何処かで本人も知らないうちに、あの黒服と関わったか。それか、何らかの方法で姿を変え、俺達とスノーを追ってきた黒服かも知れない。または黒服の仲間か。

そんな話をしながら、今後の事を話し合う。ここシーライトの冒険者ギルドは、他の街と違い、なかなかの腕前を持った連中が集まっている。それはダイスが居るからだ。

ダイスは元々冒険者でかなりの実力者だった。その実力から国にも貢献した事がある。ダイスはまぁ、言葉遣いが悪くなる事もあるが、いつも若い冒険者の世話を焼き、冒険者とはなんたるかを教えている。

また、道を踏み外そうとする冒険者がいればそれを正し、依頼に成功すれば一緒に喜ぶ。そんなダイスを皆が慕い、集まってくるため、いつも冒険者ギルドは賑やかだ。

「一度、その気配を感じた魔獣、オニキスと言ったか。そいつと話がしてみたい。息子が帰って来るまでここで待たせてもらうぞ」

「ああ」

「それから提案だが、ハルトには一人でも二人でも、誰でも良いから、ちゃんとした護衛をつけた方が良いかも知れんぞ。まぁ、オニキスがいつもくっ付いていれば、そうそう問題はないと思うが、一応な」

確かにその通りだ。オニキスが居ればほぼほぼ安全だが、もし黒服が攻撃してきた時、オニキスが相手をしている隙に、他の仲間がハルトやスノーを狙ったら？　すぐに護衛を選抜しよう。

商業ギルドの方も、何か理由をつけて見回りをしてくれる事になった。商業ギルドのギルドマスターのサイナンスも元冒険者で、そこそこの力を持っている。

冒険者に守って貰う商人も多い中、サイナンスは仲間とだけで商品を運んだり、売ったりしていた。何度も盗賊を倒したこともある変わり者だ。

「サーカスと一緒に、商売する奴らもかなりついて来たからな。悪さしている奴がいないか、見回りをしているとでも言っておけば、こっちを怪しむ者達はいないだろう。怪しい動きや物を売っていたら、調査の対象だと言って、おさえれば良い」

「それは俺と相談だ。それぞれ見回る時間と場所を、ギルド同士話しあった方が良いだろう」

話し合いは一旦ここまでということで、ライネル達はこれから騎士を集め、何か起こった時のために、騎士を何個かの班に分けるのと、それぞれの役割を決めるために出ていった。

パトリシアには屋敷の色々を任せ、ハルトとオニキス達を待っている間に、ダイスとサイナンスはここで話し合いをして、ハルト達を待つ事に。どうせ話し合いをするなら、ここでしようがギルドでしようが、変わらないからな。

日が落ちてきて、そろそろハルト達が帰って来る時間に。外で遊ぶことが好きなハルト。しかしもしかしたら、サーカスがいる間は、あまり外に出してやれないかも知れない。そうそう来ないサーカス団がいるうちは、毎日遊びに行かせてやろうと思っていたが……。

さて、ハルトにつける人間を選抜しなければ。誰がいいだろうか。

テントの所まで行くと、お店通りがもう一つ出来たみたいになっていました。人もいっぱい屋台もいっぱい。それから、もうサーカス団の人達による出しものが、そこら中で始まっていました。

『ハルト！　フウあれ食べたい！　甘い良い匂いがするよ』

フウが指さしたのは、飴細工のお店でした。その場で魔獣の形をした飴や、花の形をした飴、リクエストしたものを作ってくれるんだって。面白そう！　さっそく飴細工のお店に行きます。

「さあさあ、何を作りましょう！」

『フウはお花！』

『じゃあオレは木の実！』

『スノーはうさぎさん！　ハルトとおなじおようふく、いちばんすき！』

「えちょ、ぼくは、おにきしゅがい！」

今日は妖精の言葉が分かるようになる、粉をかけてもらっているグレンが、みんなのリクエストを聞いて、代表でお店の人に伝えてくれました。

注文を受けたお店の人は、飴をくるくるくる、ひょいひょい、専用の道具で形を整えていきます。簡単に作っちゃうんだ。全員分が終わるのにそんなに時間は掛かりませんでした。

可愛くて、それからカッコよく作ってもらえて、帰ってお父さん達に見せてから食べることにしました。壊れないように飴の部分を紙で巻いて袋に入れて貰います。

「ちゃんと袋に入れて貰いましたが、落として壊すかも知れません。これは私が持って歩きますね」

うん、その方が良いと思う。僕転んじゃいそうだし。

次に行ったのは、ライが行きたいって言った屋台。輪投げで遊べる屋台でした。景品は食べ物だったりおもちゃだったり、ぬいぐるみだったり。あっ！　オニキスと同じ人形がある。あれが欲しいな。よし頑張ろう!!

フウとライは二人で輪っかを持ち上げます。ずいぶん人懐っこい妖精ですね、妖精達はいつも、悪戯してくるだけなのにって、言われちゃったよ。僕はフウとライしか妖精は知らないけど、妖精って悪戯ばっかりしているの？　こんなに良い子なのに？

二人の投げた輪投げは斜めに棒に引っかかりました。それでも屋台のおじさんは景品をくれたんだ。二人がもらったのはおもちゃのベッド。二人のサイズにぴったりのね。ままごとで使うんだって。

次は僕の番。投げられるのは三回。狙いを定めてひょいって投げます。一回目はかなり手前に落ちちゃいました。

よし次！　次はもっと力を入れて投げます。そしたら今度は奥の方に落ちちゃって。うう。もう最後。今度こそ！

じっと棒を見つめます。狙いを定めて……、ひょい！　ぽとん。……輪っかは棒の横に落ちちゃいました。

「おにきしゅ、ぬいぐるみ……」

「残念だったね。そうだ。一緒に来てる家族に挑戦してもらったらどうだい」

「そうですね。ハルト様、あのぬいぐるみが欲しいのですね？」

「うん……」

「では、すぐにお取りしますね」

そう言ってグレンが、輪っかを持って立ちます。立った場所は屋台からかなり離れた場所。屋台が三つ分くらい。大人は遠くからなんだって。人も通っているのに絶対無理だよ。

僕はしょんぼり。でもね……、僕の考えは間違っていました。うん、僕、グレンが普通じゃないのを忘れていたの。

じっとグレンを見ます。そしたら後ろで屋台のおじさんの声が。

「は!?」

え？　何々？　おじさんの方を見ると、おじさんが驚いた顔して固まっていました。どうしたの？　不思議に思っていたら、いつの間にかグレンが戻ってきました。あれ、もう戻ってきたの。やっぱりダメだった？

「三本しっかりとはまっていますね。しかもあなたの言う通り、あの遠い場所から投げたのです。人形三体下さいね」

と、少し大きな声で、屋台のおじさんにそう言ったグレン。それを聞いて僕は急いで棒を見ました。え？　輪っかが三つ、完璧に棒にはまっている？　いつの間に投げたの？　僕じっと見ていたのに。

おじさんは驚いた顔のまま、僕にオニキスのぬいぐるみを三つ渡してくれました。おじさんと同じでビックリしていた僕。でもオニキスぬいぐるみをもらって、ハッ！　として。僕はニコニコ、すぐにグレンの所に言って、大きな声でありがとうを言いました。

「ありがちょ!!」

「いいえ、これくらいなんて事ありません。それに私もハルト様の笑顔が見られて良かったです」

三つぬいぐるみを抱えていた僕。でも持っていると前が見えないから、グレンが持ってきていた袋に、二つ入れて持ってくれました。僕は一つをぎゅっと抱っこして歩きます。

次は綿飴みたいなお菓子を売っている屋台へ行きました。綿飴は地球と同じだったよ。名前は違ったけどね。名前はふわりでした。

食べた感じは、こっちの方が地球よりももっと、ふわふわしている感じかな。キメが細かいっていうか。どっちにしてもとっても美味しかったです。

もう一袋買って明日のおやつに。この綿飴はすぐにしぼんだりしないんだって。そういえばお祭りで買った綿飴、次の日には半分くらいまでしぼんでいたっけ。オニキスの首に綿飴の袋についていた紐を通して持ってもらいます。

さぁさぁ、次々。どんどん回らないと、すぐに帰る時間になっちゃう。次は紐を引っ張って、商品を取るゲームをやりました。紐の先におもちゃが付いていてそれが貰えるんだ。うーん。あっ、あれが良い！　おもちゃっていうかバンダナ？　みたいなのがあったんだけど、赤と青のシマシマの模様が入っていて、オニキスにピッタリだと思うんだよね。

「ハルト様は、どれが欲しいのですか?」

「えと、あにょはんかちみちゃいにゃやちゅ。おにきしゅにぴっちゃり!」

ハンカチは、この世界でもハンカチって言うんだけど、バンダナはバンダナって言うか分からなかったから、取り敢えず指差してハンカチって言いました。

「ああ、バンダナですね」

うん、バンダナで良かったみたい。

「では……、二回引けますから、一回目はこの紐を引っ張ってみてください。あとはご自由にどうぞ」

どうしてかな? と思いながら、最初はグレンに言われた通りの紐を引っ張ります。そしたら何と、引っ張った紐の先には、バンダナが付いていました。おじさんにバンダナを貰います。

どうして分かったの? 紐は途中の所が見えなくなっていて、どれが取れるかなんて分かんないはずなのに。じっとグレンのことを見ちゃったよ。

「さあハルト様、もう一回引いて下さい。後ろの方が待っていますからね」

ハッ! として、慌てて紐を選びます。よし、これだ! 紐を力いっぱい引っ張ったら小さいボールでした。中に魔法の石が入っていて、魔力を流すと光ってキラキラするボール。スノーが喜んでいました。ボールならみんなで遊べるから良かったよ。

僕はバンダナをオニキスに着けます。うん、やっぱり似合う。

「ぐりぇん、どちてわかったにょ?」

「ふふ、何ででしょうね」

グレンね、教えてくれないんだ。予想したとか? それとも紐が見えていたとか? う〜ん。

その後も色々なお店をまわりました。子供に人気の、シャボン玉が勝手に出てくるおもちゃも買って貰いました。勝手にというか、これも魔法の石に魔力流して、風を起こしてシャボン玉飛ばすんだけど。

こういうのは大人が魔力を流して、子供に遊ばせるみたい。そうだよね、普通の子供は八歳頃まで魔力使えないんだから。

あと、お面も買って貰いました。ドラゴンのお面。この世界にはドラゴンが居るらしいです。

「ドラゴンは居ますが、完璧なドラゴンを見た人はそんなに居ないでしょうね。そんなにというか、今生きている人の中では、見た人は居ないのでは? それぐらい珍しい生き物なのですよ。同じドラゴン種はいますが」

へぇ、確かに僕が読んでいた本にも、ドラゴンとか出てきたけど、その本でもドラゴンはそうホイホイ出てくるような生き物じゃなかったもんね。それと同じ感じかな? ちょっと見てみたかったから残念。でも街がなくなっちゃうような、強いドラゴンには会いたくないし。

夕方になってきて、僕が遊べるのはもう少しだけ。あと屋台を二つぐらい回れるかな。本当は夜もずっと賑やからしいんだけど、今日はお父さん達がいないからダメだって。でもあと何日もここで遊べるんだから、今日は我慢我慢。

そして遊ぶ最後の屋台は、的当てゲームの屋台。的の真ん中に当てるとお菓子の詰め合わせが貰えます。このお菓子が高級品みたいで、子供だけじゃなくて大人も参加していました。もちろん大人はさっきの輪投げと一緒で、遠くから玉を投げます。さっきの輪投げよりも遠いかも。

しかも大人用には、的の前に障害物まであるんだ。絶対に当たらないようにしてあるの。ちょっと、これ酷くない？　でもこれが普通みたい。誰も怒ったりしていません。僕はもちろんグレンと一緒に参加です。

「大丈夫ですよ。ハルト様が的に当てられなくても、私がしっかり当てますからね」

うん、結局予想通り、僕は全部当てられませんでした。子供の方には障害物ないのに……。

いよいよグレンの番です。と、玉を持ったグレンが軽くジャンプして、近くにあった大きい石を足場に、高くジャンプします。そして……。

横から上から、最後の一球は反対の横から、全部の玉が的の中心に大当たり！　そしてその途端。

「きゃあぁぁぁっ!!　グレン様ぁぁぁ!!」

「カッコいいぃぃぃぃ!!」

女の人達から黄色い悲鳴が。え？　何？　後ろを振り返れば、たくさんの女の人達が屋台を囲んでいて、みんなグレンを見て頬を染めています。それを見て嫌な顔をする男達。あ〜、グレン人気者なのね。特に若い女性に。

そんな黄色い悲鳴を無視して、高級お菓子を三セット受け取り、戻ってくるグレン。僕達は女の人達の間を通り最後のお店へ向かいます。

「ぐりぇん、しゅごい。しょれににんきもの」

「あの人達は放って置いて良いのですよ。今の私は旦那様家族のことが全てですからね。そうですね。今家族の中でも、一番はハルト様です」

ニッと笑うグレン。うっ、眩しい!! どうしてそんなに男前なの。でも一番って言ってもらえてとっても嬉しい。僕はニコニコでグレンと手を繋いで歩きます。

そして最後に行ったお店は、色々な物を売っているお店でした。そこでグレンがある物を見つけたの。オニキスの顔をした、首からかけるタイプの鞄です。もちろんお買い上げ。

それでね、グレンがカバンを買ってくれている間、お店の商品を見ていた僕。そうしたら僕も良い物を見つけたんだ。カッコいいドラゴンの形をした、カフスボタンです。

グレンね、いつもカフスボタンを着けているんだけど、このカフスボタンも良いと思うんだよね。でも、グレンにプレゼントしたいけど、僕お金持ってないし、グレンに買って貰ったら意味ないし。

う〜ん。今度お父さんと一緒に来た時に、買ってもらおうかな? それまで残っていると良いけど。明日またすぐ来られないかな?

カバンを買ってもらって、それを首に下げて、今日の遊びは終わりです。チラッとお店を見ながら家に向かって歩き始めます。どうか次来る時まで、カフスボタン残っていますように。そう思いながら家に帰りました。

「おっ、帰ってきたか?」

「おとうしゃん、ただまでしゅ」

「随分と色々持って帰ってきたな。よし、夕ご飯食べたら話聞かせてくれ」

「うん！」

ご飯のあと休憩室で、どんな屋台に行って遊んだのか全部報告しました。グレンが凄い事とか、人気者って事も全部ね。

「相変わらずだなグレン。いつも容赦ないよな」

お父さんが高級お菓子を食べながら紅茶飲んでいます。お母さんもね。あの高級お菓子、高級っていうか珍しいお菓子っていう方があっているかも。なかなかシーライトに入ってこないお菓子だから、高級品って言っているみたい。

お菓子に使っている材料もね、ある街でしか採れなくて、しかも他の街に流通させてないらしいです。

楽しかった時間も今日はおしまい。僕、眠くなってきちゃった。ふらふらする僕をお父さんが抱っこして、部屋まで連れて行ってくれました。

ベッドには、今日グレンがとってくれたオニキスのぬいぐるみが三匹。ベッドに入りながらあのカフスボタンを思い出します。明日も遊びに行けたら、最初にあのお店に行こう。もう場所も分かっているから大丈夫。グレン喜んでくれると良いなぁ。どうか売れませんように。

第七章

不穏な空気と事件発生？

Kegare wo haratte, Mofumofu to Shiawaseseikatsu

サーカスが来た次の日、朝から色々な事がありました。そう、色々と。一番ショックな事は朝一番に起きたんだよ。

さぁ、広場に行って、カフスボタンを買って貰おうと思っていたら、何と今日はお留守番らしいです。サーカスがいる時は、広場で毎日遊んでも良いって言っていたのに。

ちゃんと説明してくれなかったけど、何かあったみたい。僕が安全に遊べるように、明日まではおうちに居なさいって。

うう、どうしようあれ売れちゃったら。何があったか知らないけど、でも僕の安全のためって、心配してくれているお父さん達の考えも、僕は嬉しいし。でも、何とも言えない気分だよ。

もしかしてオニキスが昨日、お父さんに何かお話していたアレが原因かな。今日はお出かけしないから、後でゆっくり聞いてみようかな。

それからサーカスを見るのはちょうど真ん中の日と、最終日の一番盛り上がる日に決まりました。これも本当は今日も行く予定だったんだよ。もう残念な事ばっかり。

みんなでガックリしたまま、朝ご飯を食べて、僕達は自分の部屋に。戻ってからオニキスに昨日のこと聞いてみました。あの時のお父さんはあきらかに慌てていたからね。

「おにきしゅ、きにょう、しゅにょーのちゃめに、うにゃっちゃ。どちて？」

『ああ、あれはな』

オニキスはすぐに教えてくれました。スノーを助けた街で、闇の力が襲って来たでしょう。僕はあの時、結局は何も見てないけど、オニキスは変な男の人を見たんだって。その変な人が、闇の力を使った人らしくて、凄く嫌な感じがしました。

そして昨日、その闇の力の男の人と同じ感じが、あの飼育係の人からもして、お父さんに注意するように言ったんだって。

そっか、だからお父さん、僕とスノーのことを心配して、安全に遊べるまでダメって言ったんだね。でも安全ってどうするのかな？

よし、カフスボタンの事は気になるけど、今日はお父さんの言いつけを守って、屋敷の中で遊ぼう。

まずは色々揃って来た道具で、おままごとから。昨日もフウとライは自分達用の、ベッドを貰ってきたしね。でも今日はそのベッドは使えなさそうです。

最近ブレイブとアーサーが、屋台でご飯や色々な物を売っている、おじさんの真似するのにハマっていて、今日もおままごとならぬ屋台ごっこをする事に。

フウとライはブーブーです。そうだよね。新しいおもちゃ使いたかったよね。次のおままごとは二人のやりたい事してあげよう。

因みに、オニキスがおもちゃ屋さんで買った、大きな器あったでしょう？　あれはね、おままごとのために買ったんじゃなかったんだよ。自分の本当のご飯を食べる時に、使うための物だったんだ。毎ご飯、しっかり使っているよ。

お昼までおままごとで遊んで、お昼ご飯を食べに食堂へ。そして食べ終わったらすぐ、僕はお父さんの仕事の部屋に、お母さんに連れられて来ました。

部屋に入ると中には、お父さん以外に男の人が四人いて、入ってきた僕とオニキス達の事じっと見てきました。誰？　これが今日の大きな出来事の一つ。

最初に声をかけてきたのは、顔の頬の所に大きな一本の傷がある、大きな体の人でした。

「お前がハルトか？　それにそいつらが契約してるっていう奴らだな」

本当に誰？　ちょっと馴れ馴れしくない？　僕はさっとオニキスの後ろに隠れます。

「ハルトご挨拶だ」

僕は前みたいに、オニキスのしっぽから顔だけ出して、

「こんちゃ」

それだけ言って、サッとまた隠れます。それからオニキスに、誰にも聞こえないくらい小さい声で、お父さんの所まで行ってって言って、男の人達から隠れながらお父さんの所に。到着するとお父さんに抱きつきます。それでまたチラチラ観察。

「何だ話とは違って、ずいぶん大人しい子供じゃないか」

「ハルトは人見知りなんだ。もっと優しく声をかけてくれ」

「俺は別に、怖がらせてないだろう」

「お前の存在自体が怖いのだろう」

「うるせぇ！」

お前のって言ったのは、最初に声をかけてきた男の人の隣にいた人。目の所には、三本の傷がありました。

それで最初に声をかけてきた男の人と隣の人が、言い争いを始めたんだ。でもなんていうか、話しかけた人の方が、最初の人のことを、軽くあしらっている感じ。そんな二人を無視してお父さんは話を進めます。

「ハルト、最初に声をかけてきたのが、冒険者ギルドのギルドマスターのダイスだ。ちょっと怖そうに見えるが、そんなに怖くないから大丈夫だぞ。それからその隣で喧嘩してるのが、商業ギルドのギルドマスターのサイナンスだ。サイナンスは商人兼冒険者だぞ」

え!?　ギルドマスターなの!?　わわ、本物？　わぁ、小説みたいだね、強面のギルドマスター、だけど実は優しいっていう。

でも現実は……、怖いものは怖いよ。僕、八歳になったらギルドに行きたかったけど、やっていけるかな？　ちょっと心配になってきたよ。

「二人はオニキスに話があるんだ。もしかしたらハルトにも、話を聞くかもしれないからな。だから来てもらったんだ」

そこでようやく喧嘩を止めたギルドマスターの二人。お父さんの話に入って来ました。

「本当は昨日、話を聞こうと思って待っていたんだが、サーカスが来たせいで、ハメを外した連中がいてな、捕まえに行くことになって、お前さん達を待ってられんかった。それに腹も減ってたしな、ガハハハハッ！」

「俺の方も急な取引があって、結局二人で帰るハメになった。こんなむさい男と帰りたくはなかったが」

「何だと!!」

あ～あ、また始まったよ。いつもこんな感じなのかな？　別に仲が悪いわけじゃないんだろうけど。それに二人のケンカ見ていたらだんだん怖くなくなってきたよ。

でもやっぱりまだ近づくのはちょっとね。僕はお父さんに抱っこされたまま、二人と話をすることに。まぁ、ほとんどオニキスが話したけどね。

話はこの前の事件の事と、あの飼育係の男の人の話でした。確かにあの事件と関係あるかも知れない人が居るってなれば、お父さん達だけでなく、ギルドの人達だって気になるよね。

それに街の見回りは、お父さんの騎士だけじゃなくて、冒険者ギルドや商業ギルドの職員もするんだって。冒険者ギルドは分かるけど、商業ギルドにもそういう人達が居るんだね。商業ギルドって聞くと、守ってもらうってイメージが強いから。

「ギルドの中で暴れる奴も居るからな。そういうのをすぐに止められるように、サイナンスが冒険者とは別に、強い人間を雇ってるんだ」

ふうん？　そうなの。警備員みたいな感じかな？　僕が話を聞いていて頷いていたら、オニキスと話が終わったのか、ギルドマスターの二人がこっちを見てきました。

「ほう、ちゃんと話が分かってるようだな」

「ずいぶん賢そうだな」

「それで、聞きたかった事は聞けたか？」

「ああ。やはり見張りを強化した方が良いな。そっちの騎士、そうだな、ライネルと話して、見回りの場所を手分けすることにする。力のバランスもあるからな」

「俺達の方は、やはり店中心で警戒しよう。それから持ち物検査などを、抜き打ちで実施だな」

「よし、それじゃあそれで頼む。他にも何かあれば、その時その時で、対応していこう」

ギルドマスターの二人が部屋から出て行こうとして、ダイスさんが急に止まったかと思ったら、クルッとUターンしてこっちに向かって来ました。そしてヒョイって僕のこと持ち上げて、僕は足がブラブラ。ちょっと、怖いから早く下ろして！

「何だ何だ。そんな顔して。俺は良くここに、お父さんの所に遊びに来るんだ。ハルトはまだ小さいからギルドには入れないからな。ここに来た時は遊んでやるぞ。楽しみにしてろ！　ガハハハハハッ！」

そう言って僕をお父さんに戻して、ドタドタと部屋から二人で出て行きました。な、何だったの？

「ダイスは子供と遊ぶのが好きなんだ。最初は怖いかもしれないが、遊んでやってくれ。きっとハルトも楽しい筈だぞ」

へえ、子供好きなんだ。人は見かけによらないってこういうこと言うのかな。大丈夫かな、僕ちゃんと遊んであげられるかな。

「さて」

お父さんが僕を下ろして、部屋に残っている男の人二人の方に。そういえばずっと、二人とも何も話さないし、お父さん達も何も言わなかったけど、ギルマス達の関係者じゃなかったんだ？

お父さんは二人の横に立って、僕の方を見ました。そして二人の紹介を始めたよ。最初はお父さんよりも年上で、四十五歳から五十歳くらいの、さっきの冒険者ギルドマスターくらいかな。髪はけっこう短くてショートで茶色。目の色は青で背は高いです。百八十センチくらい？

「この男の名前はリスター。ずっとうちで騎士をしている男だ」

「初めましてハルト様、リスターと申します」

リスターさんが僕にお辞儀してきたから、僕はまたまた慌ててオニキスの後ろに隠れて、顔だけ出して挨拶しました。

次にもう一人の男の人の紹介。こっちの人はやっぱり背が高くてリスターさんと同じくらい。髪の毛はちょっと長めのショートで色は緑です。目の色は青。この世界の人は目の色が青い人が多いのかな。

「そしてこっちは、ロイスタス。やはり騎士だ。まだ若いが優秀な騎士なんだぞ」

「ハルト様初めまして、ロイスタスです。ロイと呼んで下さい」

僕は隠れたまま挨拶しました。お父さんが僕の方に来て、僕を抱っこして二人の前に。

「いいかハルト、今日から二人が、ハルトが何処かへ出かける時は一緒についてくるからな。二人はハルトのための騎士なんだ」

僕のための騎士？　お兄ちゃんと一緒でお付き兼護衛ってこと？　え～、僕大丈夫だよ。でもこれってお父さんが言っていた、安全って事に関わっているんだよね。なら断れないし。

どうしよう、仲良くなれるかな。本当こっちに来てから人見知りが激しい。最初に一緒に暮らしていたのがオニキス達だからかな。それかあの叔父さんのせいかも知れない。

「ハルト仲良くだぞ」

「……うん」

う～ん複雑。早く慣れなくちゃ。

こうして紹介が終わると、その時から二人が何処に行くにも付いて来ました。ご飯の時も、部屋にいる時もずっと。これじゃあ緊張して慣れるどころじゃないよ。はぁ。

部屋でおままごとして遊んでいても、目の横に入るからあんまり面白くない。フウ達もいつもみたいに元気ないんだ。

それでね、ご飯を食べるマネをしていた時、ロイさんが急につかつか寄ってきて、おもちゃ箱の中から同じお椀を三つ取りました。

『あっ、何するの！　それフウ達のだよ！』

『そうだよ！』

フウとライ、ブレイブとアーサーが、ロイさんを攻撃します。

「わわっ！　待って待って！　ハルト様止めてくださいー！」

「みにゃ、め！」

みんなが僕の所に戻ってきます。

「しょれ、ぼくたちにょ」

「分かってます。でも、見ていて下さい」

ロイさんはそう言って三つのお椀全部を、逆さまにして置きました。真ん中のお椀にだけ、小さなおままごとで使っている石を入れます。そして何回かお椀をバラバラに動かして。これって……。

目で追っていた感じ、石の入っているお椀は今、左なんだけど、絶対違うよね。ロイさんが僕達に、石がどのお椀に入っているか聞いてきました。僕とスノーは真ん中。フウとライは右、ブレイブとアーサーは左です。当たったのは僕でした。

『何で!?　フウちゃんと見てたよ』

『オレも見てた！　ハルト、どうして真ん中なの分かったんだ』

二人はかなりビックリして、お椀の周りをグルグル飛び回っています。ブレイブとアーサーは石の匂いクンクン嗅いで。

僕だってたまただよ。完璧にたまたまなんだけど。スノーもね。まぁ、スノーは本当に訳が分からずに、選んだはずだけど。僕はマジックを知っているから、絶対違う場所に移動しているって、適当に選んだなんて言えない。

「よし、もう一度やりますよ」

次に当たったのはブレイブ達。そしたらフウとライが怒っちゃって、プンプンしながら次を催促します。声、聞こえていないのを、忘れているでしょう。

僕が二人にそう言ったら、二人は慌てて粉をロイさんにかけました。ついでにリスターさんにもね。それで早く次、次って改めて催促しました。

「これが妖精の粉か。よし！　どんどんやりますよ！」

お椀の前に陣取るフウとライ。僕は姿が見えるからその姿が面白くって。真剣な顔して、前に乗り出しながらお椀の動きを見張る二人。

でも何回やっても二人だけ当たらないんだ。どうしてかな？　運が悪いか、それともロイさんが面白がって、二人に当てさせないようにしているか。

「さあ、次ですよ。石が入ってるのはどのお椀ですか？」

『『これ!!』』

ロイさんが全部のお椀を開きます。全部のお椀に石が入っていませんでした。もうこれにはフウとライの興奮は最高潮。スノー達まで走り回り出しちゃったよ。僕も全然気づかなかった。

「ハルト様、そのうさぎさんの洋服のポケットに、手を入れてみて下さい」

僕はゴソゴソ、ポケットに手を入れます。そうしたら……。なんとポケットの中に石が入っていたんだ。いつの間に!?　凄い凄い!!

「他にも色々出来ますよ。見てみたいですか」

みんなで頷きます。それからロイさんは色々な手品を見せてくれました。ハンカチを使った手品や、トランプみたいなカードを使った手品。あとは木の板を紙が貫通しちゃう手品、色々だよ。最後の方はみんな拍手喝采でした。

最後の手品を見終わった時、お父さんとお母さんが部屋に入って来て、僕達はお父さん達に駆け寄ります。

「おとうしゃん、しゅごい!!」

『ぼく、じぇんじぇんわかりゃない』

『『あれ何!!』』

『『キュキューイ!!』』

「待て待てハルトと、みんな何がそんなに凄いんだ?」

リスターさんがお父さん達に説明してくれました。僕達は興奮していて、上手く話が出来なかったから。だってロイさん本当に凄いんだよ。

それでその時、僕達気づいてなかったけど、いつのまにかロイさんとリスターさんと仲良しに。もしかしてロイさんこれを狙って?

明日はサーカスが来て三日目。いよいよサーカスが見られるよ。でもまずは、朝から広場に行ってカフスボタンを買わなくちゃ。楽しみだなぁ。

・・●・・

ハルトが寝てから、俺はリスターとロイの二人を、俺の仕事部屋に呼んだ。入ってきた二人にソファーに座るように言い、グレンに棚からお酒と、グレンを含めた四人分のグラスを用意してもらう。

「よくあれだけ早くハルトを懐かせたな。最低でも三日はかかるかと思ったが」

「ロイの手品のおかげです。あんな特技があったとは」

「子供の頃、私も人見知りが激しくて……」

話を聞いてみれば、ロイ本人も子供の頃人見知りが激しかったようだ。ある日冒険者の父親の友人が家に遊びに来た時、初めはやはり近づけなかったらしいのだが。

その冒険者に手品を見せてもらい、その手品に夢中になっていたら、いつの間にか、その冒険者と仲良くなっていたらしい。

大人になり人見知りはしなくなったが、自分のような子供がいたら、今度は自分がその子供達のために何かしてやりたいと思い、自分の時に感動した手品を覚えたらしい。

「そうか。ハルト達にはバッチリだったな。それでうちのハルトはどうだ。可愛いだろう」

「旦那様、それは今関係ないのでは」

「何だ、これが一番大事だろう」

ハルトの可愛さが分からんやつに、ハルトを任せるわけにはいかないからな。

「確かに可愛いですな」

リスターが苦笑いしていたが気にしない。

それから俺は、ハルトのことをすべて話した。森で出会った時から今までの事を、そしてあのうさぎの着ぐるみを着ているのはホワイトノーブルタイガーだということも。

話を聞き、最初は驚いていた二人だったが、最後には何故自分達が護衛として、付かなければいけないのか納得していた。

「確かにそれでは護衛がいりますな。それだけの力や契約者を従えていれば」

「何故あんなに小さいのに、そんなに大きな力を」

ハルト自身の話をした後はこれからの事だ。二人には俺達がハルトと一緒にいる時でも、ハルトに付いていてもらう事にした。あれだけの闇魔法を使う奴だ。俺やパトリシア、オニキスだけでは対応しきれないかもしれないからな。

「二人にはこれからハルト専属で付いてもらう。それ以外の仕事は当分の間なしだ。それで頼みたい。いいか？」

二人は大きく頷いた。よしこれで少しは安心か？　後は、本当にあの時の関係者がいるのならば、その者達に気づかれぬよう、サーカスを探るしかないが。何も起こらず、ハルトがサーカスを楽しめれば良いのだが……。

• • ● • •

次の日、いつもは眠くてゆっくりな朝ごはんを、ささっと済ませた僕は、この前買って貰ったオニキスのカバンを下げて、玄関ホールで準備万端、お父さん達を待っていました。

「何だ、もう用意出来てるのか」

ゆっくりゆっくり階段を降りて来るお父さんとお母さん。早く早く！　だってあのカフスボタンを買わないと。グレンへのプレゼント。でもあのカフスボタン、カッコいいから売れちゃっているかも。う〜ん、気になる。

あっ、それからね、ビアンカにもプレゼントを考えたんだ。ビアンカには花の飾りが付いた髪留め。それもあのお店に置いてあった事を思い出して、今日一緒に買って貰うことにしたの。

お父さんの手を引っ張りながら外に出たら、リスターとロイが待っていました。今日は広場でお買い物してお昼食べたら、いよいよサーカス観覧です。楽しみだなぁ。

今日行くメンバーは僕達とお父さんお母さん、リスターにロイです。お兄ちゃんは学校のお友達と観に行くんだって。僕、そのうちお友達出来るかな？

一生懸命早歩きしたんだけど、お父さん達と歩く速さ変わらないんだもん。ちょっとムッとしながら、最後は結局オニキスに乗って広場に行きました。その方が速いからね。

広場に着いて一直線にあのお店に。そして……。良かったぁ、あったよ。カフスボタンに髪留め。売れてなくて一安心。

「おとうしゃん、これちょこれ、かいちゃい」

「ん？　こんなのが欲しいのか？」

「えちょ、ぐりぇんとびあんかに、ぷりぇじぇんと」

「ああ、そういうことか。二人にピッタリな物見つけたな」

「ハルトちゃん、プレゼントするなら、プレゼント用の包みとリボンも買うと良いわ」

包みとリボンはお母さんと一緒に選びました。グレンには濃い緑の包みと青いリボン。ビアンカにはオレンジの包みと赤いリボンにしました。後でお母さんがきれいに包んでくれるって。大切に僕のカバンにしまいます。

それからお昼ご飯までは一昨日と同じ、屋台を色々回って。そしてお昼ご飯が終わって、トイレもバッチリすませたら。いよいよサーカステントの中に入ります。

僕達の席は一番サーカスが観やすい席。ちょっと上の方の席です。僕もオニキス達を連れて入っているけど、他のお客さんもみんな魔獣を連れてきています。魔獣が入っても良いのか聞いたら、これが普通なんだって。地球じゃ考えられないよ。

あと外は明るいけどテントの中は結構暗くて、そこら中に魔法の石が置いてあって、それが光って、中を良い具合に明るくしていました。

サーカス待っている間、中ではサーカスの人達がお菓子やジュース、サーカスグッズ？　みたいな物を売りにきて、果物とジュースを買ってもらったんだけど。それがサイダーみたいなジュースで、まさかここでサイダー飲むなんて思っていなかったよ。

こうして果物も食べ終わって、ジュースも飲み終わって、周りを見ていたら、いきなり全部の光が消えて、テントの中が暗くなりました。そして次の瞬間、真ん中のステージの所が明るく光るとそこには、団長さんとあの羊みたいな魔獣が。

団長さんが火の輪をぽんぽんぽんって出して、天井近くまで火の輪っかができたら、それを魔獣が一気に潜りぬけました。観客は全員大きな拍手。僕達もみんなで頭の上で拍手です。

それに見入っていたら、いつの間にかステージには女の人と、大きな虎の魔獣が三匹。女の人が手を上げて合図すると、的が三つ空中に浮かびました。虎の首輪と同じ色の的です。赤と青と緑。緑色の子が一番小さいです。

虎が火を吐いたり、水を吐いたりしてお互いを攻撃しながら的を壊そうとします。これが凄い迫力なんだ。火の熱さとか、水のしぶきとか、観客の席も巻き込まれそうになるんだよ。

でもいつの間にか、観客席には見えない壁ができていて。魔法の石を使って、結界を張っているんだって。そうだよね、これじゃあ絶対怪我するよ。

そしてバトルの結果、勝ったのは何と、一番小さい虎でした。勝った虎がステージを一周して、みんなから拍手をされて出て行きます。

次は人の演技。トランポリンみたいなのを使った技です。十人くらいの人達が宙返りしながら、魔法を使って色々やります。

例えばトランポリンでジャンプした後、誰かが風魔法使ってさらに高く上げて、そこからくるくる何度も宙返りしながら着地するとか、色々な所から交差するように飛ぶんだけど、ぶつからないように次々に飛ぶとかね。あれだけ高い所から落ちてきて、ぶつかりそうになるのに、よく怪我しないよね。

その後にも色々な演技があって、始まってちょうど半分ぐらいが終わった頃、ステージにたくさん小さい魔獣が出てきました。ちょこちょことっても可愛い、小型犬くらいの魔獣です。

それから荷台みたいな物が出てきて、それに魔獣達が順番に乗っていきます。一番したが五匹で次が四匹、そうピラミッド。一番上は一番小さい魔獣が。可愛い三角帽子かぶっているの。う～ん、可愛い！　僕はずっと拍手しっぱなしだよ。

次は綱渡り。綱の真ん中あたりまで来て止まった団員さん。後ろからオニキスみたいな魔獣が綱渡りしてきます。そしてくるっと宙返りして団員さんを越えて綱に着地しました。

それからもう一回宙返りして今度は頭の上に着地。最後は二人で宙返りして着地。それ見たオニキスが。

『あれくらい俺でもできるぞ。今度一緒にやってみるか。家に綱引っ張ってもらって』

って。オニキスは出来るかもしれないけど、僕が出来ないよ。

『キュイキュイ』

『キュキューイ』

『二匹もできると言っている』

いやだから、僕が出来ないからね。もう、僕は普通の二歳児なんだから。でしょう？

続いて空中ブランコです。これは地球で見たのと同じ。ただ、ブランコをするのは人だけじゃありません。魔獣も一緒。

猿みたいな魔獣とか、何とブレイブ達みたいな小さい魔獣がしっぽ使って空中ブランコをしていました。ブレイブ達はそれ見て自分のしっぽ見て、ブンブンしっぽ振り回していたよ。

最後は全員がステージに出てきて、それぞれが技を披露します。ショーの最後の盛り上がりって感じです。もう僕大興奮だよ。乗り出す体をお父さんが一生懸命押さえてくれました。

「ほらハルト、あんまり前に出るな」

「ふわわ、しゅごいしゅごい!!」

「はぁ、まぁ、楽しそうで何よりだ」

凄い盛り上がりのままサーカスは終了しました。もうね、感激だよ。こんなに凄いサーカスだなんて思わなかった。最後の日にもう一度見られるんだよね、嬉しいなぁ。

夕飯をそのまま広場で食べて家に帰ったんだけど、サーカスの興奮が収まらなくてフワフワした気分のまま、オニキスに乗って家まで帰りました。その間自然と鼻歌が。

「ふんふん♪　ふんふーん♪　ふっんふーん♪」

「あのキアル様すみません。ハルト様のあれは？」

「ん？　ああ、あれは音痴だが鼻歌だ。メロディーも何もあったもんじゃないが」

「あれ鼻歌なのですか!?」

ちょっとロイ、そんなに驚かなくて良いじゃない。僕全然音痴なんかじゃないよ。絶対そうだよ。うん！

家に帰ってからは早速、お母さんにラッピングを手伝って貰いました。僕が包んでお母さんがリボンしてくれる事になったんだ。買った時は包むのもお母さんがやってくれるって言っていたんだけど、僕が出来るところまでは自分でやりたいもん。せっかくのプレゼントだからね。

こうしてこうやって、うーん、これじゃダメ。外に出ちゃっているよ。よしもう一回。あれ今度はグチャグチャに。次！　ん？　三角になっちゃった？

「おい、あれ包紙もつのか？　切れるんじゃないか？」

「しっ、せっかく頑張って包んでるんだから。それにね、予備に何枚か買っておいたのよ。多分自分でやるって言うと思ったから」

「ふっ、流石だな」

後ろで何かボソボソ話しているけど、ちょっと静かにしていて。僕、今大事なところだから。よし今のところは良い感じ。後はこうして最後にここを折って……。ありゃりゃ、包みが破れちゃった……。どうしよう、包紙ないよ。

僕がしょんぼりしていたら、横から同じ包紙がひょいって。横見たらお母さんがニコニコ顔で、包紙を僕に渡してくれます。

「大丈夫よ、紙はたくさん買ってあるから。ハルトちゃんが出来たと思うまで頑張って」

お母さん、予備の包紙買っていてくれたの？　ありがとう！　僕はお母さんに抱きついてありがとうをして、もう一回包むのに挑戦。そして何度目かで、

「できちゃ!!」

オニキス達の方見たら、何とも言えない表情しています。何？　文句あるの？

「頑張ったわね。じゃあ、今度はお母さんの番ね」

お母さんが可愛くリボンを付けてくれました。付けてくれたんだけど、え？　ただのリボンで、

何でそんな事出来るの？　リボンの結び目が花みたいになっているの。凄いねぇ。

今日はもう遅いから、明日の夜のご飯を食べ終わって、ゆっくりしているときに渡そうっと。二人とも喜んでくれるかなぁ。楽しみ!!

・・●・・

「どうだ、確認出来たか」

「ああ、完璧だ。この前の挨拶とサーカスの公演で、他の団員にも確認させた」

「よし、では計画通り最終日に実行だ。俺はあっちの様子を確認してくる。まさかこんなに上手く行くとは考えていなかった」

俺は団長と軽く話をすると、すぐにある場所に向かった。その場所は普通の人間ならば近づかない場所。溶岩がいつ吹き出してきてもおかしくない、火山地帯へと向かった。移動してすぐ、建てたばかりの二階建ての建物に入る。

「その後どうだ？」

「まだ耐えていますね、さすがと言った所です。様子を見に行きますか？　もし行くのでしたらお気をつけて。魔獣達が守って居ますので」

建物から出て、今、唯一溶岩が流れ出している場所へ向かう。もちろん氷の魔法で常に体を冷やしている。そうしなければすぐに死んでしまうだろう。

目的の場所に着くと手下の言った通り、俺の目的の物の周りに、魔獣や妖精達がその物を守るように囲んでいた。たしかにこれでは簡単に手を出せないか。すぐにでも手に入れてしまいたい所だが。

『また来たのか……、絶対渡すものか。俺達がいる限り絶対だ』

「ふん。いつまでもつことか。まぁ良い。これから俺も少し忙しくなる。ふっ、それまでに治ればいいがな」

囲まれている物は俺からは見えないが、だいぶ弱ってきているはずだ。あのホワイトノーブルタイガー達を捕まえている間に、こちらもいい具合になるだろう。

来た道を戻り、手下にこれからの予定を話す。サーカスの公演最終日までもうすぐだ。完璧にプランを立てておかなければ。ホワイトノーブルタイガーと他の魔獣と妖精、それからあのガキを手に入れ、後はあれを手に入れられれば……。自然と笑いが込み上げてくる。

よし、あの方にも報告を入れておこう。俺はすぐに俺達の一番大きいアジトへと向かった。あの方には前回の作戦で、かなりの迷惑をかけてしまった。今回こそ良い報告をしなければな。

・・●・・

サーカスを見た次の日、今日は広場に行くのはお休み。最後のサーカス見る日とその前の日は遊びに行っても良いって。本当は行きたかったんだけど、心配するお父さんとお母さんの顔見ていたら、リスターとロイがいるけど、なるべく行かない方が良いかなって。

遊びに行けなくなった僕は今、庭で遊んでいます。遊んでいるっていうか、フウ達がサーカスのマネをして遊ぶって。だからロイにお願いして、大きな木の所には綱渡り用の綱を、小さな木にはブレイブ達用のブランコ作って貰いました。ブランコは僕も乗れるやつだよ。

ロイね、すぐに二つとも作ってくれたんだ。ブランコも、まさか僕が乗れるブランコを作ってくれるなんて思わなくて、とっても嬉しかったです。久しぶりのブランコ、後でみんなでサーカスのマネじゃなくて、普通に遊ぼう！

まずはブレイブ達がこの前の空中ブランコのマネです。ブレイブがしっぽで勢いつけて、ちゃんとブランコこぐんだ。凄くない？　そしてそのまま勢いつけてビョンッ!!　と飛んで、反対の木の上にいるアーサーのしっぽに、自分のしっぽを巻き付けて摑まります。

すごっ!!　本当のサーカスみたい。今日は取り敢えずそこまでで、今の動きをスムーズにできるまで、まずは練習だって。

次はフウとライ。二人は乗り物でピラミッドやっていた魔獣達がいたでしょ。それのマネするんだって。僕達のおもちゃ箱から、ちょうど良いサイズの乗り物のおもちゃ持ってきました。

オニキスが風で乗り物走らせて、まずはライが乗り物の上に乗って、その後ライの肩の上に、フウが上手く立つように乗りました。

そして乗った後は、ライがピカピカ光って、フウは乗り物が走る所にお花咲かせたよ。しかもポーズ？　っていうか、二人でおしり振っているの。か、可愛い!!　僕が喜んでいたら後ろでロイ達が。

「あれ何してるんですかね？　ハルト様は分かってるみたいですが」

「二つの光が上下になって、おもちゃの乗り物に乗ってるだけに見えるが」

あっ、そうだった。他の人には二人の姿が分からないんだっけ。う～ん。他の人に言っちゃダメって言われているしどうしよう。後でお父さんに聞いてみなくちゃ。これから僕と一緒に居てくれるなら、きっとそのうち気付くと思うんだよね。

そしていよいよ、オニキスの綱渡りです。オニキスは揺れる綱の上をすいすい歩きます。そして途中で止まりました。後ろからブレイブとアーサーが綱を渡ってきて、ヒョイッとオニキスの背中と頭に。二匹ともそこで逆立ちをします。

最後にフウとライが、オニキスの頭に乗って逆立ちしたブレイブとアーサーの足、それぞれ乗ってポーズをしました。

おお！　おおおおお!!　凄い、凄いよみんな!!　僕は思いっきり拍手しました。

「え？　何これ？　僕部屋から見えて、面白そうだったからすぐに来たんだけど凄いね」

後ろを振り返ったら、フレッドお兄ちゃんが苦笑いしていました。

「これが見れるなら、サーカス観に行かなくても良さそうだね。だって空中ブランコに、小さい子達の可愛いショーでしょ、それにこの綱渡り。ほら、これでばっちりサーカス出来るよ。オニキスサーカス団とか名前つけて」

オニキスサーカス団。それ良い!!　サーカスが帰っちゃっても、いつでも観たい時に見られるね。

僕がそんなこと考えていたらフウとライ降りてきて、

『ハルトも一緒にオニキスに乗ってみようよ。フウ、ハルトとやりたい』

『オレも！　オニキスに結界張ってもらって、風魔法で上に上げて貰えば良いよ』

『そうだな、それが良い。よし！　ハルトやるぞ！』

僕が良いよって言う前に！　オニキスが僕に風の結界魔法かけました。まあ、結界を張って貰えるから大丈夫だよね。この前の事件の時よりも、薄いって感じの風の結界です。それにこの前は、こう丸い感じの結界の中に入っていたけど、今回はそうじゃなくて僕の体に合わせたって感じ。

結界を張り終わると、僕の体が浮かびました。風魔法で上まで上げてもらって、オニキスの上に座ります。アーサーはそのまま、オニキスの頭の上で逆立ち、ブレイブは僕の頭の上に。お兄ちゃんによると、僕の頭の上でまた逆立ちしているって。

『フウはブレイブの上ね。ライはアーサーの上だよ』

『えー、そっちの方が上じゃないか』

『早い者勝ちだもんね。よしカッコいいポーズ！』

『ちぇっ、じゃあオレもポーズ！』

フウのカッコいいポーズ見る限り、カッコいいって言うより可愛いだよね。言わないけど。リスターとロイが、止めなさいとか危ないとか言っているけど。結界張って貰っているから大丈夫だよ。よし！　じゃあ僕もポーズとらなくちゃ。う〜ん。やっぱりここは剣をこう上げて、顔はキリって感じ。……よし、決まった!!　僕が決まったと思った瞬間、

「何をやってるんだ!!」

お父さんの大きな声が。下を見たらいつの間にか、とっても驚いた顔しているお父さんが。僕はもう一回カッコいいポーズをやり直します。

「おとうしゃん、ぼくかっこい？」

「いいからすぐに降りなさい」

しょうがない、みんなで下まで降ります。

「ハルト、お前はなんて事するんだ！　もし怪我したらどうする！」

「えちょ、けっかいありゅ。だからだいじょぶ」

「いやいやいや。違うぞハルト。結界があるから大丈夫とか、そういう問題じゃないんだ。結界があっても、もし落ちてその結界が役に立たなかったらどうする？　パトリシアが治せない怪我したらどうするんだ。それに、何も知らない使用人やメイド、お客が見たら、ビックリするだろう？」

『俺の結界は完璧だぞ』

そこからはオニキスとお父さんのケンカでした。ずっとケンカしているの。結界のことから始まって、お父さんが大体いつもお前はって。

そのケンカに飽きちゃったのか、ブレイブ達は空中ブランコ、フウとライは乗り物の続きを始めちゃいました。それ見てお父さんはまたまた怒っちゃった。

「今は止めなさい！」

その後お父さんとの約束。僕はオニキスサーカス団に出演禁止。もしやりたいなら、フウ達みたいに乗り物に乗りなさいって。僕が乗り物を運転して頭にフウ達が乗るの。僕サイズの乗り物のおもちゃがあるんだ。それでやるんだよ。それから普通にブランコしなさいって。う～、残念！　楽しかったのに。でも僕がサーカスしたせいで、リスターとロイが怒られちゃったから、それはちゃんと反省しなきゃ。

僕は二人にごめんなさいしました。オニキス達もね。二人とも全然嫌な顔しないで許してくれたよ。本当にごめんね。今度広場に行った時は、二人にお土産買うからね。

そんなこんなで最終日直前の広場遊びはグレンと遊びに行って、あのお菓子の詰め合わせとってもらって、二人にそれあげました。二人ともとっても喜んでくれたから良かったよ。

そしていいよ、明日は最終日。最後のサーカス観覧です。楽しみだけどちょっと寂しいな。もう終わりなんだもん。オニキス達はサーカス研究するって……。何？　本当にサーカス団作るの？

さぁ、今日はサーカス公演の最終日。広場での催し物も今日で最後。明日は朝から片付けで、お昼過ぎにサヨナラのパレードをしたら、そのまま帰って行くんだって。次に大きなイベントがあるのは、いつになるか分からないみたい。

こういう移動サーカスは、みんな自由に色々な街を行ったり来たりするから、もしかすると違う人達がすぐに来るかもしれないし、長い間来ないことも。僕は早く来て欲しいな。だって楽しかったもん。

朝早くから広場に遊びに行きます。今日はバッチリ目が覚めているよ。お父さんお母さんお兄ちゃん、みんなで朝ご飯を広場で食べました。それからゲームしてお店まわって、色々な物ゲット。お菓子やおもちゃ。一番凄かったのは、グレンがゲームで取ってくれた大きなクッション。僕なんかベッドに出来ちゃうってくらいに大きいの。

それでね、僕お昼寝はオニキスに寝転んでいるんだけど、オニキスは何も敷いてないから、だからこのクッションは、オニキスに使ってもらう事にしました。

お昼までにかなり荷物が多くなっちゃって、一度グレンが家に置きに行ってくれる事に。グレンが戻って来たら、お昼ご飯を食べて。その後また少し遊んで、おやつ食べてから僕は、お父さんに抱っこしてもらってお昼寝。朝早かったからね。眠くなっちゃって。

目が覚めたらもうすぐサーカステントに入場する時間でした。夕ご飯はサーカスが終わってからまた広場で食べるよ。

入り口でチケットを見せて中に入ります。今日は入り口に団長さんが立っていて、テントに入る人達に声をかけていました。

「今日で最終日ですが、最後までお楽しみ下さい」

そんな感じ。僕達の入る順番が来て、最初にお父さんがチケット見せました。次に僕がチケット見せたんだけど。

「坊ちゃん楽しんでいって下さいね。今日は特別な公演があるんです」

「ふわぁ、たのちみ!!」

「ええ、私も楽しみです。色々な意味で」

ん？　何か変。団長さんいつもの笑顔だけど、何かが違う気がする。う〜ん、何だろう？　一瞬考え込んでいた僕。でも団長さんの声でハッとしました。

「坊ちゃん？」

「ふぉ!?　だんちょしゃん、がんばる！」

慌てて前で待っているお父さんの所に行きました。は、恥ずかしい。

席について周りを見てみたら、僕が最初に見に来た時よりも人が多い気がしました。この前も満員だった気がするんだけど……。

聞いてみたら最終日は席の数を増やすんだって。テントに入るだけ、ギリギリにイス入れるみたい。だからこの前より人が多く入れるの。最前列の方なんてぎゅうぎゅうな気が……。

お菓子とジュース買ってもらって、開演まで待ちます。今日は開演まで小さな魔獣がお客さんの周りを歩き回っていました。みんな可愛い洋服着て、お客さんを盛り上げてくれているの。僕達のところにも来てくれたよ。

僕達の所に最後に来てくれたのは、この前的当てのショーを見せてくれた、一番小さい虎みたいな魔獣でした。僕の前でお座りしてくれたの。

「あの、しゃわってもい？」

「ええ、良いわよ」

この前、虎のショーやっていた女の人が一緒に居たから、許可もらって虎の魔獣に触らせて貰いました。

「かわい！」

虎が僕の手をペロペロ舐めてくれました。

「ルーリーって名前なのよ。よろしくねハルト様」

ん？　何で僕の名前知っているのかな？　領主の子供だからかな？　ま、いっか。ルーリーにバイバイします。

「ハルト様、後でね」

ここでも何か変な感覚。団長さんの笑顔も女の人の言葉も、別に普通なのに何かおかしい気がするんだ。気のせいだよね？　そう思いながらもう一回お菓子食べる僕。

僕の隣でオニキス達は、サーカスを研究するんだってすでに準備万端。まだ始まらないのに。でもその格好がとっても可愛いの。オニキスは犬がご飯を待たされている時の、何ともいえない、お預け食らっている時みたい。

フウとライは全然よそ見しないで、一つのクッキーを二人でもくもくと食べながら、ステージを見つめています。

ブレイブとアーサーは宙返りしたり、反復横跳びみたいな動きしたりして、準備運動はバッチリ。

「まだ、はじまりゃにゃい、じかんまだまだ」

『もしかしたら、急に始まるかも知れないだろう』

『ねえ、このクッキー美味しいね。フウもう一枚食べたい』

『オレも！』

『キュイキュイ！』

『キュキュキュ！』

ブレイブとアーサーはすぐに動けるようにだって。出来そうな技とかあったら、この場で練習するみたい。みんな色々考えているんだね。

そして三十分くらい経って、いよいよサーカスが始まりました。もちろん最初は団長さんと羊の魔獣の火の輪潜り。この前よりもたくさんの火の輪が空中に現れて、その全てを魔獣が一気に駆け抜けました。凄い歓声です。僕もみんなも頭の上で思いっきり拍手。

今日は最終日だから特別なのかな。みんなこの前よりも演技が派手なの。演技時間も長いし。虎の的当ても魔法攻撃が激しくて、すごく見応えがあったよ。

綱渡りは、今日は逆立ちバージョンでした。それ観ていたブレイブとアーサーが、その場で逆立ちして真似します。オニキスも次はあれが出来たら良いなって。フウとライは……。クッキーほっぺに詰め込みながら、じっと観ていました。

そんな楽しい時間ももう終わりです。フィナーレで、団員が全員真ん中のステージに集まって、最後の演技です。最後の演技にみんなが思いっきり歓声と拍手を送ります。もちろん僕達もいっぱい拍手しました。

その盛り上がりの中、的当ての演技していた三匹の虎の魔獣の中で、一番大きい虎が、客席に向かって炎の魔法を飛ばしてきました。もちろん結界のおかげでお客さんは無事。炎の魔法の威力にお客さんは更に盛り上がります。

虎は順番に客席をまわって、いよいよ僕達の所に。目の前で見る炎の魔法は本当に迫力があったよ。僕達の興奮も最高潮。炎が消えて虎は次の場所に。凄かったぁ。オニキス達も凄いけど、あの虎も凄い！

でも、大きな虎が次の場所に行った時に事件は起きました。

「きゃあぁぁぁぁ!!」

「わあぁぁぁぁ!!」

突然の悲鳴に、僕は悲鳴が聞こえた方を見ます。なんと結界が解けて、炎の魔法が観客を襲ったんだ。そしたらその結界が解けた所から、他の魔獣が入って来て暴れ出したの。何かパニックになっちゃって暴れているみたい。

お客さんみんなもパニックになって、慌てて逃げ出します。もうあっちへこっちへ、しっちゃかめっちゃか。すぐにお父さんが対処に動きました。

「いいか、ここから早く避難しろ。グレンは俺と一緒に。リスターとロイはパトリシアとフレッドとハルトを頼む！」

一番たくさん魔獣がいる所にお父さん達が走って行きます。

「リスターにロイはハルトちゃんを守りながら、一番先頭をいって。次はフレッド。最後は私が行きます。さあ、行くわよ！」

みんなで階段を降り始めました。僕は早く降りられないし歩けないからオニキスに乗っかります。

あちこちで観客席が壊れたり、魔法が飛び交ったりしていて、いつ怪我してもおかしくないぐらい。お父さん達も見えなくなっちゃった。オニキスは気配が分かるから無事か確認してもらったら、問題ないって。良かった。

階段を一番下まで降りてきて、どっちに避難するかお母さん達が話している時でした。僕達の所にどっかから、何個か石が飛んできました。何か紫と黒が混ざったような色をしている石です。それ見たオニキスが不思議そうな顔しました。

『これは……、魔力封じの石だ!!』

魔力封じの石？　そんな石もあるんだ。

「そっちへ行きましょう！」

お母さんの言葉に、みんなが歩き出そうとした時でした。目の前にいたお母さんが突然消えたの。え？　何？　全然状況が分からない僕。でもお兄ちゃんが横を見て叫んでいました。

「母さん!!」

僕も横を見ます。お母さんのことを、的当ての演技で、次に大きかった虎の魔獣が襲っていました。お母さんね、襲われて壁の所まで飛ばされていたんだ。そして飛ばされたお母さんは、いつの間にか剣を持っていて、魔獣に対抗しています。

「魔法が使えないわ！　リスター、ロイ！　私は自分で何とか出来るから、二人を避難させて！」

「でも母さん！」

「行きなさい！」

オロオロしている僕に、お母さんを心配するお兄ちゃん、そんな僕達にリスターが行きましょうって。本当に大丈夫なのかな？　魔獣と戦うお母さんを気にしながら、みんなで進み始めます。でもすぐに今度は。

ガッシャーン!!　お兄ちゃんとリスター、僕達とロイの間に柱が倒れてきたんだ。

「ハルト!!」

「おにいちゃ!!」

みんなそれぞれ、別れ別れになっちゃいました。倒れてきた柱には紐やテントの布とか、色々な物が結ばれたままだったり、倒れる時に絡まったりして、オニキスでも簡単には、飛び越えられなさそう。

「ハルト様、別の出口から外へ出ましょう。奥様！　リスターさん！　私たちは別の出口から出ます！」

「分かったわ！　早く行って！」

お母さんはまだ、魔獣の相手をしています。

「じゃあ、外でね！」

お兄ちゃんの声が聞こえて、それからリスターの行きましょうって声が。お兄ちゃん達も歩き始めたみたい。

なにしろ大きな倒れた柱と、絡まっている物で、お兄ちゃん達がぜんぜん見えなくて。でも今の様子だと、お兄ちゃんは怪我はしてないみたい、良かったぁ。

僕達も別の出口に向かおうとして周りを見ます。一番近い出口は……、あっ、あそこ！　ちょっと行った所にテントの布が切れていて、そこからお客さんが逃げています。ロイもそれを見つけて。

「ではあそこか……!?」

ロイが話した瞬間でした。オニキスが叫んで。

『ハルト掴まれ!!』

その叫びに、すぐにギュッとオニキスにしがみ付きます。それとほぼ同時に、オニキスが飛んだんだけど。飛んだ後、今まで居た場所を見たら、的当て演技の時の、中ぐらいの虎魔獣が、僕達に襲いかかってきていました。そしてすぐにまた僕達を襲ってきて。

オニキスは攻撃を避けながら、その場を飛びまわります。僕はしがみ付いたままオニキスに言いました。

「まほ、ちゅかわない?」

『魔力封じの石のせいで魔法が使えない！　だから奴も魔法を使ってこないんだ！』

そうかあの時の石。チラッと下を見たら、魔力封じの石がけっこう転がっています。ならどうして、噛み付いたり蹴ったり、そういう攻撃しないの？　オニキスは魔法使わなくてもとっても強いはずなのに。

……そうか、僕がオニキスに乗っているから。オニキス攻撃出来ないんだ。本当は戦えるのに。

「おにきしゅ、ごめんしゃい。ぼくじゃま」

『何を言ってる！　邪魔なもんか。俺の大切な家族だぞ！　当たり前ではないか！』

ありがとう、オニキス。後でたくさん撫でてあげるね。後はブラッシングとおやつもたくさんね。

オニキスがまたまた攻撃を避けて、声をかけます。

『お前もやれ!!』

「分かっている!!」

ロイが剣で虎魔獣に斬りかかったんだ。二人で上手く連携プレーです。オニキスが避けてロイが攻撃。一度もそんな練習したことなかったのに、何回も練習したみたいに完璧なの。凄いよね。

虎魔獣も最初のうちは余裕って感じで、ロイの攻撃をヒョイって避けていたんだけど、その隙をついてオニキスがたまに攻撃するから、だんだん唸り声を上げ始めました。イライラしているみたい。

またまたロイの攻撃。ここで初めて虎魔獣が、ロイを攻撃してきました。でもさすがのロイ。難なく攻撃をかわして、かわされた虎魔獣は、そのままこっちに攻撃してきます。

でも今までの攻撃と違ったの。スピードも唸り声も全然違うんだ。そんな虎魔獣をオニキスが珍しく受け止めました。ドォーンって凄い衝撃です。受け止めた衝撃でどっちも離れます。

「ふぉ!?」

その衝撃で、オニキスにしがみ付いていた、僕の手が離れました。オニキスから体がズレ落ちます。落ちる!!　僕は目を瞑って、これから来るだろう衝撃と痛みが頭に浮かんできて……。

と、最初に衝撃がきたのは首の辺りでした。でも痛みはぜんぜんありません。首から落ちて、痛みを感じないくらい怪我しちゃった？

『ハルト!!』

『『ハルト!!』』

『ハルト、ハルト!!』

『『キュキュー!!』』

「ハルト様!!」

みんなの声が聞こえます。その後いくら待っても次の衝撃はありませんでした。そっと目を開ける僕。ちょっと離れた所にオニキス達とロイがいます。僕の後ろを見ている感じ。

ん？　僕、何か揺れてない？　体がこうぶらんぶらんって。それに首の所、何か洋服が食い込んでいる感じがする。それから何かの息遣いが頭の上からしてくるし。

僕はそう～っと上を見ます。そして僕の目に入ってきたのは、あの的当て演技の時の、一番小さい虎魔獣でした。いや、たぶんね。アゴの所しか見えなかったから。絶対とは言えないけど。

『ハルトを離せ!!』

オニキスが僕達の方に向かってきて、それを、僕を咥えているたぶん虎魔獣は、ヒョヒョイって避けながら、僕もそれに合わせてぶらぶら。もしかして僕虎魔獣に洋服咥えられている？

そう気づいた瞬間、虎魔獣は倒れてきた柱や縄をつたって上に登り始めて、すぐにテントの上の方へ到着。それからさっきまで、僕達やお母さん、それから市民を攻撃していた虎魔獣も、一緒に登って来ました。

そして二匹はそこでピタって止まります。何なの？　どうして僕のことを咥えているの？　もうね、僕パニックだよ。勝手に涙が出てきちゃいます。オニキス、お父さんお母さん、ロイ、助けて……。僕の意識はそこでなくなりました。

番外編

まだ知らない運命の出会い

Kegare wo haratte, Mofumofu to Shiawaseseikatsu

それは俺オニキスが、ハルトと運命の出会いを果たす、少し前のことだった。

その日俺はいつも通り、穢れに襲われている魔獣達がいないか、森の見回りをしていた。なにしろ森で穢れを祓えるのは俺ともう一匹、奴だけだからな。

もし苦しんでいる魔獣達がいれば、俺達が助けてやらなければ。そういう話でまとまり、定期的に見回りをしていたのだが。

予定の半分ほど見回りが終わったところで、俺は足を止めて、俺のお気に入りの場所へ、移動しようと考えていた。

ちょうどこの頃、季節的には雨が多く降る季節で、前日までの七日間、ずっと雨が降り続いていたのだが。この日は久しぶりの晴天で、あまりにも気持ちが良く、ちょっとゴロゴロしたくなったんだ。

今のところ見回った箇所は問題もないし、これから見回る予定だった場所も、気配を探っても問題はなさそうで。一つ気になることはあったが、監視するほどのこともないだろうと思い。ならば今日くらいはと、俺はお気に入りの場所へと向かった。

が、まさかこの気になったことに問題が起こるとは。そしてその問題が俺にとって、あることを考えるきっかけになるとは、思ってもみなかった。

俺のお気に入りの場所に着くと、昨日までの雨で地面が泥濘んでいたため、すぐに魔法で乾かし、柔らかい葉を集めて、早速ゴロゴロし始める。しかしすぐにそれは邪魔されることに。

妖精のフウとライ、そして他に数人の妖精が俺の所に来て、俺に遊べと言ってきたり、周りで騒ぎ始めたりと。せっかくの良い気持ちが、最悪になってしまった。

『お前達煩いぞ。俺はここでゆっくりしたいんだ。邪魔をするな』

『え〜、一緒に遊ぼうよ！』

『ボク達を乗せて、そこら中走ってよ。久しぶりのお天気だよ！』

『久しぶりだから俺はゴロゴロしたいんだ』

『みんなで遊んだ方が楽しいよ！』

『そうだぜ！　早く遊ぼうよ！』

『はぁ、だから俺は……』

何故いつも、ゆっくりしている時に邪魔をしてくるのか。フウとライ、妖精達は遊ぶことが大好きだからな。それは構わないんだが、俺のゴロゴロを邪魔しないでほしい。

それからも数分、押し問答を繰り返したのち、けっきょく妖精達に負け、俺は妖精達を背中に乗せて、その辺を走ることに。

どれだけ遊んだか。俺はこの時あることを気にしていた。ゴロゴロしに来る前に気になっていたもののことだ。気になること、それは何か？

それは久しぶりに、俺達の森に入ってきた人間のことだ。この森に人間が入ってきたのは三ヶ月ぶりくらいか。しかも一人でこの森に入るなど。

この森は他の森と違い、力の強い魔獣が多く住んでいるため、そう簡単に人間は入ってこない。入ってくるのは、この森を調査しにくる、何処かの街の騎士と冒険者達だ。

しかもいつも、森の奥には入らず、中腹くらいまで入り、一週間ほどで外へ出て行く。森の外側よりも奥の方はさらに強い魔獣達が住んでいるからな。

そんな人間達だが、今回の人間は一人で森へ入って来ていたため、不思議に思い一応気配を感じたままにしていた。何か森に厄介なことをされても困るからな。しかしその気配が、先ほどからまったく動かなくなった。

ほんの少し前までは一定の速度で進んでいた人間。奥地には近づかず、森の中腹を森に沿って回る感じで進んでいたのに、今はまったく動いていないのだ。何かあったのか、休憩しているだけなのか。

見に行った方が良いか？　休憩だけなら問題はないが、もし何かがあり死なれていれば？　それが病気だったら、森の魔獣達にその病気が移る可能性もあり、それが原因で死ぬ可能性も。それは避けなければ。と考え始める俺。その時だった。

『……ん？　だぁれ？』

『初めましてか？』

フウとライ、そして妖精達が誰かと話を始めた。

『え〜、そうなの？』

『まだ今なったばっかり？』

『うんうん、そっか！』

『じゃあ、オレ達が頼んでやるよ。待っててくれな！』

少し会話を続けたフウとライ達。その後俺に話をしてきた。

『ねぇねぇ、なんかね妖精が助けてほしいんだって』

『家族が穢れに襲われたって。今さっき』

『大切な家族なのにどうしたら、って慌ててるの』

『この森の妖精じゃないけど、助けてくれないかって』

『この森の妖精ではない？　まぁ助けるのは構わんが、何処だ？』

『うんとねぇ、果物がいっぱいある川の近く』

『あそこか!?』

妖精達は遠くにいる妖精達と、意思疎通ができる。どうやらこの森に住んでいる妖精ではなく、他から来た妖精が、穢れに襲われたために動けなくなっているようだ。

しかしその妖精がいる場所を聞くと、まさか人間が止まっている場所だとは。俺は急いでその場所へと向かう。そうして人間のいる場所へ駆けつけてみれば。感じていた通り、一人の人間の男と、男の側でオロオロとしている水の妖精の姿が。

先ほどフウ達に声をかけてきたのは、この水の妖精で間違いないらしい。そして穢れに襲われていたのは、水の妖精ではなく、男の方だった。

本来なら人間など助ける必要はないが、どうにもこの男は、水の妖精と契約しているらしく、水の妖精にこの男を、家族を助けてと言われれば、家族を死なせるわけにはいかないからな。俺はすぐに男の穢れを祓い始めた。それにしても契約主ではなく家族か……。

『いつからこの状態だ？』

『えと、えと、さっき。ボクが穢れに襲われそうになって、そうしたらブルーンが庇ってくれて』

『そうか。これならばすぐに治るから心配するな』

『うん！　ありがとう!!』

今俺たちが居る場所は、俺が残していた、まだ見回りをしていない場所だった。俺が予定通り見回りをしていれば、問題は起きなかったかもしれないと思うとちょっとな。しっかりとこの男、ブルーンと言ったか？　ブルーンを治してやろう。

そして数分後……。

「いやぁ、悪かったな!!　ありがとう!!」

『ゴフッ!!　ああ……』

「すまない、むせたか？　いやぁ、悪い悪い、ハハハハハッ!!」

しっかりと穢れを祓い、そして穢れにつかれてから祓うまでが早かったため、穢れを祓った後も体調には何も問題がなかったブルーンは、俺に礼を言いながらバシバシッ!!　と背中を叩いてきて、俺は思わず咽せることに。そしてそれに対して、笑いながら再び謝ってくるブルーン。

俺への礼が終わると、次はミルに俺達を呼んだことに対して礼を言い。ああ、ミルとは水の妖精の名前だ。それからはフウ達にも礼を言った。

礼を言われるのは良いのだが、声が大きくしかも仕草が大袈裟で、どうにも煩い男だと、俺は少しだけブルーンから離れた。が、何故か礼が終わると俺の隣にドカッと座るブルーン。そしてこんなことを言ってきた。治してくれた礼に、食事をご馳走すると。

そんな物は良いから、さっさとこの森から出ていってくれ、そう思ったのだがフウ達が興味を持ってしまい。けっきょくご飯を食べることになってしまった。

出来上がった料理はブルーンの生まれた国で、良く食べられているスープで。なかなか美味しいスープだった。そのスープを食べながら、フウ達の様子を見ていると、フウ達はミルにたくさん質問をしていて。

何についての質問かといえば、人間との契約についての質問だ。フウ達は人間と契約した妖精に初めて出会ったため、聞きたいことがたくさんあったのだろう。まぁ、質問が止まらない。だがその質問に対して、ミルは嫌がらずに全てに丁寧に答えてくれていた。

『ねぇねぇ、契約した時ってどんな感じだったの？　痛かった？　気持ち悪い感じがした？』

『どうして人間と契約しようと思ったの？　それにどうして契約すると家族になるの？』

『契約すると、勝手に何処にも行けなくなっちゃうんでしょう？　勝手に契約解除もできないし。

辛いことされたら逃げられないよ』

『他の妖精は契約していないの？　妖精一人だと寂しくない？』

『契約って、あんまり良くないって言ってたよ？』

という感じだ。それに対してミルは、契約の時は辛いことは何もなく、それどころかとても温かい気持ちになったと。これがブルーンとの繋がりなんだと、とても嬉しく思ったらしい。

ミルとブルーンの出会いは、別の森でミルが魔獣に襲われているところを、ブルーンに助けられたことだった。そして回復の魔法の代わりに、薬を使いミルの腕を治療してくれたブルーン。

このブルーンは不思議な男だった。本来人間には、妖精の姿は分からず、ただの光の玉に見えるはずなのだが。それがきちんと人の姿に見えていて。

また、妖精の粉がないと、妖精と人間は話が出来ないはずなのに、粉がなくとも話が出来たと。

それからブルーンに興味を持ったミル。ブルーンが森で冒険者活動をしている間、ずっとブルーンの側で過ごしたらしい。その間にどんどんブルーンに惹かれていったミル。

『あっ、待って。う～ん、ちょっと違うかも。うんとね、初めて会った時から、なんかブルーンと一緒にいたいなぁって、そう感じたんだ』

『え～？　どうして？　初めて会ったんでしょう？』

『初めてなのに、その人がどんな人か分からないんだよ？　人間の側は危ないんだよ』

その通りだ。もちろん全ての人間がそうではないが。それでも我々にとって脅威となる人間はたくさんいる。ミルは良く側にいたいと思ったな。惹かれたなど。いや、出会った瞬間に一緒にいたいだの、信じられん。

　そして出会ってから数日後、いよいよブルーンが森から出る時が。その時ミルは思い切ってブルーンに言ったらしい。契約してほしいと。そして今の自分の気持ちも全て伝えた。ブルーンに惹かれている自分の気持ちを。

　するとブルーンもミルと出会った瞬間から、ミルと同じ気持ちだったらしく。こうして二人は契約をし、そして契約して少し経ったころ、契約関係ではなく家族になったと。

『あのね、ブルーンはちゃんとお話してくれたんだ。契約がどんなものか。もしも自分が悪い人間だったら、ボクがどういう扱いをされるかもしれないこと。勝手に契約破棄はできなくて、逃げることはできないこと。色々だよ。でもボクは、ブルーンと一緒にいること、家族になることに決めたんだ』

『ふ～ん、そうなんだ。でもボクはよく分かんないや。人間と契約したいだなんて』

『オレも。契約なんかしないで、森で自由に暮らした方が楽しいぜ』

『ボクはね、幸せなのも楽しいのも、やっぱりブルーンと一緒が良いんだ。だからこれで良いの。ボクとブルーンはいつまでも一緒だよ』

『そか。楽しいなら良いね。う～んでも、やっぱりよく分からないや』

『なぁ』

　話が終わりフウ達はご飯を食べ終わると、川原で遊び始める。その時ブルーンが俺に話しかけてきた。

「お前も俺達がおかしいと思うか?」

『まぁな。大体この森に来る人間は、半分以上が魔獣を攫って、金儲けしようとする者達ばかりだからな。大体魔獣の行動を、契約で縛るなど』

元々妖精達は、生まれた場所からは動けない。しかし契約することによって、その契約主と行動をすることになるため、契約すれば外の世界へと出ていける。

だが、どんなに酷い仕打ちを受けようとも、契約破棄を自分からすることは出来ない。無理に契約破棄しようとすれば、命をなくす可能性もあるのだ。そんな危険な契約など、俺は考えたこともない。

「ハハハッ! それはお前がまだ、運命の出会いをしていないからだ」

『運命の出会い?』

「ああ。出会った瞬間に分かるんだ。まぁ、何となく気になる程度の奴もいるかもしれんが。それでも最後には家族にまでなった。俺とミルが家族になる、それは運命の出会いだったんだ」

『運命の出会いなど、そんなものあるわけないだろう。バカなことを』

「だからまだ、お前は出会っていないだけだ。もしかすると、明日にでもそんな相手に出会うかもしれないぞ」

『ふん、そんなことあるものか』

その後俺は黙り、スープを飲み干した。

こうしてご飯を食べ終わった後、片付けを終えると。ブルーンとミルは俺たちにもう一度お礼を言い、また歩き始めた。

ミルがブルーンに何か言い、ブルーンが大声で笑う。そしてそんなブルーンを見て、ニコニコ嬉しそうに笑うミル。そんな二人の後ろ姿を見送り、再び俺はお気に入りの場所へ行き、ゴロゴロしなおしたのだが。

どうにもブルーンの話が気になり、それから数日は運命の出会いについて考えることに。運命の出会いなど、そんなものがあるはずないと思いながら、あの二人の様子を思い出すと、なんともいえない気持ちになった。

が、それからさらに数日経つと、やはり運命の出会いなどないという考えにいたり、それからは普段の生活に戻ったのだが。

まさかこの事から一年後、自分とフウとライ、そして他の者達が、運命の出会いをするなど、この時の俺は思ってもいなかった。ブルーン達が言っていたことは本当だったのだ。

穢れに襲われ最期を考えたその時、俺は運命の出会いを果たした。

あとがき

この度は『穢れを祓って、もふもふと幸せ生活』をお手に取っていただき、誠にありがとうございます。作者のありぽんと申します。

穢れを祓って、もふもふと幸せ生活いかがだったでしょうか。この作品は私が小説を書き始めてまもなく、そして2作品目ということで。改めてこの作品を書籍化するために見直した所、色々と修正部分がありましたが、たくさんの方のお力を借り、こうして素晴らしい作品に仕上げることができました。

さて、何故か突然転生したハルトでしたが、体が小さくなったり、穢れがどういう物かも知らずに穢れを祓ったり、その勢いで契約までと。いきなり色々と巻き起こし、巻き込まれながらの異世界生活がスタートしました。

地球にはない穢れ。それによる脅威は、もちろんオニキス達にとってはかなり問題ですが、ハルトにとっては穢れ以外も問題で。地球にはない物、出来事がいっぱいの中、最初に出会ったのがオニキスやフウやライで良かったなと。

もし何も分からないまま、魔獣に襲われていたら。魔獣ではなく、盗賊に襲われていたら？　そう考えると、本当に助かりました。

それだけではなく、新しい家族までできることに。オニキス、フウ、ライ、ブレイブ、アーサー、スノー、そしてキアル達家族、一気に大家族になったハルト。地球での寂しい生活から、毎日が笑顔で溢れる生活になり、このまま幸せな生活を送ってもらいたい所ですが……。

そしてオニキス達ですが、いきなり現れたハルトに、ほとんど警戒することはなく。しかも出会ったばかりのハルト《人間》と、すぐに契約をしてしまって大丈夫なのかと思いますが（笑）。

それでも運命を感じ、そして契約を交わし。種族はバラバラですが、そんなことはまったく問題はなく、これからみんな仲良く幸せに暮らしていってもらえればと。

ただ楽しい生活を始めたハルト達でしたが、そんなハルト達の邪魔をする者達も現れ、その楽しい日々は、突然破られることになってしまいました。

敵は一体何者なのか、どうにも大きな組織が関係しているようで。これからハルトはどうなってしまうのか。ハルト達がどうなっていくのか。

事件はすぐに解決？　して、新しい出会いがあるのか？　是非見守っていただけたらと思います。

最後になりますが、ハルトたちを描いていただいた戸部淑先生。とっても可愛い、またカッコいいイラストをありがとうございます。

そしてこの本を手に取っていただいた読者の皆様、出版にかかわっていただいた皆様、本当に感謝申し上げます。

可愛い場面ばかりで
描いていて楽しかったです
戸部 淑

EARTH STAR
LUNA

穢れを祓って、もふもふと幸せ生活

発行 ――― 2023年12月1日　初版第1刷発行

著者 ――― ありぽん

イラストレーター ――― 戸部淑

装丁デザイン ――― AFTERGLOW

発行者 ――― 幕内和博

編集 ――― 結城智史

発行所 ――― 株式会社アース・スター エンターテイメント
〒141-0021　東京都品川区上大崎 3-1-1
目黒セントラルスクエア　7F
TEL：03-5561-7630
FAX：03-5561-7632

印刷・製本 ――― 中央精版印刷株式会社

ISBN 978-4-8030-1870-7